LE POULPE

UN TRAVELO NOMMÉ DÉSIR

LE POULPE

Jean-Bernard Pouy	*La petite écuyère a cafté*
Serge Quadruppani	*Saigne sur mer*
Patrick Raynal	*Arrêtez le carrelage*
Didier Daeninckx	*Nazis dans le métro*
Noël Simsolo	*Un travelo nommé Désir*

Du même auteur : …

Ciel noir, Gallimard, Série noire, 1991
Clown, Éditions Clô, 1995

ISBN : 2-84219-007-6
ISSN : 1265-986X

LE POULPE

noël simsolo

UN TRAVELO NOMMÉ DÉSIR

LE POULPE
ÉDITIONS BALEINE

À Féodor Atkine

« Là où il y a de la bordure, il y a toujours du trottoir. »
Aimé de Vosgelaere

1

– Frappe plus fort, supplia Maître Philippe Balmard.

Domino baissa son bras ganté de satin, abandonna la cravache et détourna sa tête masquée en direction de l'immense baie vitrée qui trouait un mur entier du vaste Loft.

Dehors, les lumières de Montparnasse s'allumaient. Des nuages embués de pourpre dorée défilaient dans le ciel bleu ardoise du crépuscule de fin d'hiver. Les voitures surgissaient de partout. La foule impatiente piétinait sur les trottoirs, montait dans les autobus ou s'engouffrait à l'intérieur des bouches de métro.

Le front collé au verre de la grande fenêtre, Domino songea que ces êtres agités s'immergeaient à présent au cœur de leurs fantasmes, baissaient la garde des pudeurs commodes sous la fatigue du jour et souhaitaient secrètement pouvoir oser vivre l'innommable. Tous subissaient la tentation du bizarre. Les moins lâches d'entre eux finiraient certainement par vouloir sacrifier à ces sensuels jeux de cruauté. Ils deviendraient alors à l'image de Maître Philippe

Balmard qui, attaché à la croix oblique, les yeux bandés, des pinces dentées enserrées à la pointe de ses seins et le pénis ligoté à sa base par une fine cordelette de soie, venait ici chaque mardi soir pour trembler d'un étrange bonheur en recevant les humiliations qui exaspéraient son plaisir.

Domino arracha la cagoule de cuir rouge qui recouvrait son visage, délaça les mailles de sa guêpière cloutée, ramassa le paquet de Camel couché en travers du clavier du Minitel et alluma une cigarette.

Des rigoles de sueur striaient sa peau noire, imprégnaient la poudre de riz, décollaient les couches de fond de teint et transformaient son maquillage en une bouillie grotesque.

Sur le mur opposé à la verrière panoramique, accrochée entre différentes parures de souffrances, une horloge en argent fit tinter un signal cristallin.

Se rappelant qu'un autre esclave devait bientôt arriver, Domino quitta la fenêtre, écrasa le mégot dans un cendrier de cuivre, réajusta son uniforme de femme dominatrice et se saisit d'un coutelas de chasse. Son client aimait que la séance de torture s'achève par une légère incision au-dessus du bas-ventre...

Un coup de sonnette retentit.

Maître Philippe Balmard entendit crier :

– Revenez dans vingt minutes. J'ai quelqu'un...

Une voix étouffée répondit :

– D'accord, mais j'ai mon matériel avec moi. Je peux vous le laisser ?

Domino haussa les épaules, ouvrit la porte, reçut un coup terrible au front et perdit instantanément connaissance...

Les minutes passèrent.

Domino rouvrit les yeux.

Le miroir scellé au plafond reflétait son image dénudée. Quelqu'un lui avait enlevé sa combinaison de bourreau. Ses seins gonflés de silicone frémissaient. Son sexe d'homme pendait sur sa cuisse épilée.

Le travesti se releva péniblement, regarda autour de lui et aperçut l'avocat, toujours harnaché sur la croix oblique, mais avec le coutelas de chasse planté dans son cœur…

Il recula d'un pas.

Le canon d'un revolver se posa sur sa tempe droite.

Une voix chuchota :

– Enfile un pull et un froc. Tu vas faire un voyage, ma beauté.

2

L'homme poussa la porte du Pied de Porc à la Sainte-Scolasse et heurta ses bottes trempées sur l'arrière-train du vieux Léon.

Sous ce choc, le berger allemand grogna, tourna le museau vers l'importun, reconnut un familier de l'établissement et revint à sa béatitude somnolente.

L'humain contourna l'animal, gagna sa table habituelle contre la vitrine du restaurant, s'installa en étendant ses jambes interminables sous la banquette en skaï et regarda la rue qu'il venait de quitter.

Une pluie fine tombait. La lumière matinale de l'hiver éclairait mal les rares passants qui se hâtaient en direction de la rue de Charonne ou de la Place Léon Blum. C'était vraiment un temps dégueulasse...

Maria voulut s'emparer de la casquette imprégnée d'eau.

L'individu leva un bras d'une impressionnante longueur pour arrêter le geste maternel de la femme et bougonna :

– Pas question de la mettre à sécher dans la cuisine. La dernière fois, elle a pué le chou farci pendant toute la journée...

Maria battit en retraite et ricana :

– Tu n'apprécies plus le fumet de nos plats du jour ? Aujourd'hui, c'est du fricandeau à l'oseille. Tu déjeunes ici ?

Gabriel Lecouvreur haussa les épaules sans répondre. Sa montre marquait neuf heures. Il s'ennuyait déjà...

Gérard lui apportait une tasse de café, déposait un quotidien sur la table de bois verni et désignait le gros titre qui barrait la première page :

SORDIDE ASSASSINAT DE MAÎTRE
PHILIPPE BALMARD

Il commenta :

– T'as vu ça, le Poulpe ? L'avocat des tueurs de flics aimait bien se faire torturer par des dames à zizi. Il y a vraiment des gens pas normaux. Moi, je...

– Faut jamais juger la sexualité des autres.

Le restaurateur ne lâcha pas prise :

– En tout cas, moi, j'ai pas de fantasmes à la con…

– Tout le monde a des fantasmes à la con, Gérard. Même Léon…

– Mon chien ?

– Oui. Et c'est certainement parce qu'il n'a jamais pu les vivre qu'il est devenu complètement paranoïaque…

Le patron du Pied de Porc à la Sainte-Scolasse contempla son paisible canin avec une suspicion effarée, en se comprimant les méninges à vouloir se représenter la nature des désirs inassouvis qui pouvaient hanter l'imagination de nos amis les bêtes. Il fut secoué d'un frisson d'horreur par la précision des images sulfureuses qui lui traversèrent l'esprit.

Indifférent à la panique de son interlocuteur ventru, Gabriel dégustait son café en parcourant l'article qui relatait le meurtre :

« Alertés dans le début de la soirée du mardi par un coup de téléphone anonyme, les agents en poste au commissariat principal du quatorzième arrondissement se sont rendus immédiatement au dernier étage d'un immeuble de Montparnasse, où ils ont découvert le corps de Maître Philippe Balmard. Le célèbre avocat avait les quatre membres enchaînés à une croix de supplice, les yeux recouverts d'un bandeau et la poitrine zébrée de coups de cravache. Un coutelas de chasse lui avait été planté dans le cœur. Sa mort remontait à moins d'une heure.

Défenseur des terroristes du F.L.N. dans sa jeunesse, spécialiste du droit international, grand intime de l'Élysée pendant le premier septennat de

François Mitterrand, symbole médiatique des causes révolutionnaires et antifascistes, celui qu'on surnommait "L'Avocat Rouge" préparait la défense des trois militants de l'Action Anarchiste Armée (A.A.A.), accusés d'avoir perpétré plusieurs attentats meurtriers contre des hauts fonctionnaires de la police française au cours du dernier printemps. Émile Monnet, le commissaire chargé de l'enquête, ne pense pas que l'assassinat soit lié aux activités professionnelles du maître du Barreau de Paris. Il suspecte plutôt le propriétaire du studio d'en être l'auteur. Il s'agit d'un Camerounais de trente-cinq ans, Dominique Lukya, connu comme prostitué par la brigade des mœurs, et répondant au sobriquet révélateur de Domino. Longtemps travesti à Pigalle, puis dans les allées du bois de Boulogne, il recrutait à présent sa clientèle d'amateurs de masochisme par le biais du Minitel.

Il ne fait aucun doute que Maître Philippe Balmard était un des clients réguliers du travesti. L'examen de son agenda a révélé qu'il se rendait tous les mardis chez lui. Et ceci, depuis plusieurs mois...

Quel coup de folie peut bien être à l'origine du meurtre ? C'est le seul mystère de cette sordide affaire, un mystère qui ne sera levé que lorsque Dominique Lukya sera entendu par la police... Et par un psychiatre !

Pour le moment, le travesti a disparu et demeure introuvable.»

Gabriel Lecouvreur alluma une cigarette, se mordilla la lèvre supérieure et fixa longuement les deux photographies qui illustraient l'article du journaliste.

Sur la première, le vieil avocat militant levait les bras à la tribune d'un meeting contre la peine de mort. L'autre était celle de son présumé assassin. Un Noir athlétique avec un visage d'une infinie douceur.

Ce dernier cliché troubla le Poulpe.

Il ressentit une impression de déjà vu. Sa mémoire lui soufflait qu'il connaissait ce type ou quelqu'un qui lui ressemblait. Mais il n'arrivait pas à situer son souvenir dans le temps ou dans l'espace. Il se concentra, en appela à chaque neurone de sa cervelle et ne parvint à rien... Pourtant, l'expression du regard de Dominique Lukya lui était connue. Il en était certain et s'agaçait de constater que, malgré ses efforts, cela lui restait irrémédiablement flou...

Gérard revint à la charge en lui apportant une seconde tasse de café.

– T'as lu ?

L'homme aux bras longs marmonna :

– Oui. C'est pas clair, ce truc.

Le restaurateur haussa la voix en lissant sa moustache :

– Pas clair ? Tu es incroyable... Un vieux mec maso se fait planter par un travelo en pleine séance de radada et toi, tu commences tes élucubrations...

Gabriel replia ses jambes immenses.

– Le travesti en question fait ce métier depuis trop longtemps pour avoir perdu la boule ou commis un accident involontaire... Non. C'est un professionnel de la domination sexuelle. Il exerce son boulot dans un local approprié. Il n'a rien d'un maniaque sadique en panne d'excitation...

– Dans l'article, on parle d'un coup de folie possible...

– Planter un coutelas de chasse en plein cœur de quelqu'un, ça demande beaucoup de précision. Il faut du sang-froid et de la technique pour enfoncer proprement une pareille lame entre deux côtes. Sous l'emprise de la démence ou de la colère, le type aurait donné plusieurs coups...

– Ce qui veut dire quoi ?

– Raisonne un peu... Celui qui a tué Balmard, il l'a fait calmement et avec préméditation...

– Ben, c'est peut-être une vengeance du pédé... Va savoir ce qui se passe dans la tête d'un assassin...

– À moins que ce ne soit pas le travesti qui l'ait tué, s'entêta Gabriel.

– Alors pourquoi il s'est sauvé, si c'est pas lui...

– Exactement... Pourquoi il s'est sauvé ? Et pourquoi un inconnu a bigophoné aux flics ? C'est ça qui ne me va pas...

La porte s'ouvrit brusquement.

Un courant d'air froid balaya la salle du restaurant.

Léon se mit sur ses pattes, secoua vivement la queue et frotta son pelage contre les jambes du nouvel arrivant.

Gérard prit un ton fâché :

– Vlad, tu es encore en retard...

L'aide-cuisinier du Pied de Porc à la Sainte-Scolasse referma la porte, caressa tendrement la tête du chien et répondit à son patron avec un fort accent roumain :

– J'ai rendu service à une femme qui avait crevé sa varice dans le métro.

Maria le gronda avec beaucoup de gentillesse :

– Tu vas t'attirer des ennuis à jouer au médecin…

Vlad baissa la tête, marcha vers la cuisine.

– Je SUIS médecin !

Tous le regardèrent enlever son unique manteau de lourde laine rousse, retrousser méticuleusement les manches du gros chandail qu'il portait toujours à même la peau et laver lentement ses mains osseuses au robinet de l'évier.

Longtemps, ils avaient cru que le taciturne exilé politique barbotait dans la mythomanie et qu'il s'inventait un magnifique passé de grand médecin dans son pays d'origine. Jusqu'au jour où une cliente enceinte de huit mois fut prise d'un malaise pendant qu'elle déjeunait au Pied de Porc à la Sainte-Scolasse. Vlad s'en occupa et un enfant naquit en douceur sur le zinc du comptoir, quelques secondes avant l'intervention du SAMU…

Les yeux de Gérard pétillèrent.

Il cria en direction du Roumain :

– C'est facile de planter un coutelas de chasse dans le cœur de quelqu'un ? Entre les côtes ?… Techniquement, je veux dire ?…

L'aide-cuisinier hocha négativement la tête.

– Un coutelas de chasse, c'est large et plutôt épais. Il faut viser l'endroit exact pour pouvoir l'enfoncer correctement dans la viande. Sinon, la lame peut glisser sur l'os…

Gabriel avait déjà fait le même raisonnement dans sa tête. Il avala d'un trait le second café, jeta quelques pièces sur la table, plia le journal, l'enfouit dans la poche intérieure de son imperméable élimé, se leva et ouvrit la porte du restaurant.

Gérard le retint par l'épaule :

– Tu vas encore fouiller la merde ?

Le Poulpe se dégagea d'une petite secousse et répliqua posément :

– Je déteste ne pas comprendre.

Il sortit sous la pluie, pataugea dans les flaques d'eau, s'égara au détour des rues en essayant vainement de retrouver à qui donc pouvait bien lui faire penser la photographie souriante de Dominique Lukya.

3

Abel Habetz coupa le contact de la Mercedes, s'étira, fit jouer les muscles de son large dos, détacha la boucle de sa ceinture de sécurité, ouvrit la portière et sortit du véhicule pour aller pisser dans la nature.

Caïn Kahane se demanda s'il devait l'imiter. Il interrogea sa vessie, conclut que son épanchement n'était pas immédiatement nécessaire et jeta un regard éploré sur les cadavres d'insectes écrasés qui maculaient la vitre du pare-brise. Malgré le caleçon court en coton léger qui les protégeait, ses fesses plates collaient au tweed de son pantalon bien coupé. Une odeur désagréable montait de ses chaussettes trempées par la sueur. L'acidité des aigreurs continues de son foie délabré lui enflait la bouche. De violentes démangeaisons parcouraient son petit corps malingre…

Il résolut de faire quelques pas.

À deux cents mètres de la voiture, les vagues de la Méditerranée caressaient le sable d'une plage vide.

Caïn leva la tête, contempla le ciel et la mer qui se fondaient en une même grisaille blanchâtre et songea qu'ils venaient de rouler pendant plus de douze heures, uniquement parce qu'Abel détestait la vitesse et ne voulait jamais dépasser le cent... D'un pas lourd, il déplaça ses courtes jambes ankylosées tout le long de l'automobile, stoppa devant le coffre et prit l'initiative de vouloir en manœuvrer l'ouverture.

Habetz lui cria :

– Qu'est-ce que tu fous ?

Kahane bredouilla d'une voix lasse :

– Je vérifie si ça respire toujours...

L'autre le rejoignit en refermant sa braguette.

– Pourquoi ? Qu'il crève étouffé ou autrement, c'est pareil...

– Il ? C'est pas elle ?

– Il a une queue... Les seins, ça ne veut rien dire. C'est quand un travelo est opéré qu'on se pose des questions sur le genre exact de la troisième personne du singulier qui le concerne... Autrement, on dit : Il.

Kahane demeura un moment perplexe.

– On fait quoi ?

Abel inspecta les alentours du regard.

– Ici, ce serait bien... Mais les ordres sont les ordres. Narpi est formel. Faut larguer le colis en pleine mer... Et moi, j'ai pas envie de désobéir à Narpi...

Enfermé dans le coffre de la Mercedes, Dominique Lukya ne perdait pas un mot de la conversation des deux hommes. La corde de ses liens lui cuisait la peau, une boule de coton lui pétrifiait les mâchoires, mais son esprit restait lucide. Lucide au point qu'il comprenait n'avoir pas beaucoup de chances de s'en tirer…

Maintenant, Habetz donnait des détails sur la manière dont l'Africain allait quitter ce monde :

– Un bateau nous attend tout près de Nice. Une fois en pleine mer, on ligote le colis avec des plaques de fonte et puis on le flanque à l'eau. Ensuite, avec tout notre fric, on passe une semaine de repos dans les rues à putes de Marseille. Et puis, retour à Paris…

Caïn demanda encore :

– On le jette à la flotte vivant ou on le tue avant ?

– T'es chiant ! Je ne comprends pas pourquoi tu me demandes ça. Puisque c'est moi le tueur… Toi, t'as jamais assassiné personne… Alors, arrête de me casser les couilles…

Lukya entendit les pas de Habetz s'éloigner vers l'avant du véhicule. La voix gênée de Caïn Kahane lui parvint encore de l'autre côté de la cloison métallique :

– Te fâche pas, Abel. J'essaie de m'intéresser aux choses… C'est tout…

Le claquement d'une portière signifia que l'assassin avait repris sa place au volant et le moteur recommença à tourner.

Quelques secondes plus tard, un second claquement ponctua le retour de son complice à ses côtés.

La Mercedes démarra.

Dominique Lukya goûtait son sursis et se persuadait qu'il lui restait encore un espoir d'échapper à son sort.

L'ennui, c'est qu'il ne savait pas quel était cet espoir…

4

L'adipeux gérant de l'hôtel Gaston Criel se versait un verre de Muscadet quand Gabriel Lecouvreur tendit la main vers le tableau des clés.

– Vous en voulez un ? demanda l'ivrogne. Trempé comme vous êtes, ça vous requinquerait.

– Jamais de vin, lui répondit Gabriel avec un sourire à peine aimable.

– Comment vivre sans les joies du vin ?

– J'ai d'autres vices.

– Alors, je comprends… Chacun son truc… Moi, je picole… Vous gardez la chambre ?

– Je ne sais pas encore…

Il escalada les étroites marches recouvertes d'une moquette râpée, manqua de trébucher sur des lourdes valises qui encombraient l'escalier, entra dans sa chambre au second étage et tomba nez à nez avec une femme de ménage dotée de poumons surdéveloppés.

– J'allais faire le lit, s'excusa-t-elle en rougissant.

Le Poulpe lui désigna le couloir.

– Revenez plus tard…

Elle le frôla volontairement de ses gros seins en sortant de la chambre.

Il claqua la porte derrière elle, se déchaussa, glissa la main dans l'encolure de son imperméable, extirpa tous les journaux du matin, les disposa sur les draps en désordre et ouvrit la fenêtre pour aérer la pièce.

Dans la rue en bas, les coursiers de *Libération* discutaient sous un porche. Deux camions bloquaient la rue Béranger à hauteur des livraisons du magasin Tati. Les pétarades des mobylettes couvraient l'écho des coups de klaxon qui parvenaient de la place de la République et de la rue du Temple.

Gabriel n'entendait pas ce vacarme. Il concentrait son attention sur les différents articles publiés à propos de l'assassinat de Maître Philippe Balmard.

Chaque fois, c'était la même photographie de Dominique Lukya qui illustrait les comptes rendus de l'assassinat. Par contre, les clichés montrant l'Avocat Rouge variaient selon la tendance politique des quotidiens et témoignaient surtout de l'antipathie ou de la sympathie des rédacteurs en chef à l'égard des prises de position du célèbre juriste.

Et les journalistes résumaient son parcours avec plus ou moins de détails.

Philippe Balmard était né en 1927. À Lille. Il avait suivi toutes ses études de droit dans cette ville, puis s'était installé dans la banlieue de Paris après la libération. Ses premières grandes plaidoiries dataient de la guerre d'Algérie et lui avaient valu une célébrité assez houleuse. Deux fois plastiqué par l'O.A.S. pour avoir défendu des leaders du F.L.N., il avait été aussi suspecté de comploter contre la sécurité de l'État et surveillé par le pouvoir gaulliste.

Dans le milieu des années soixante, Philippe Balmard se spécialisa dans le droit international, voyagea beaucoup dans les pays du tiers-monde et participa à de nombreuses manifestations pacifistes contre la guerre du Vietnam. Souvent absent de France, il n'assista pas aux événements de mai 68 et se contenta de signer les nombreux manifestes rédigés en faveur des personnalités gauchistes inculpées par la police de Georges Pompidou.

Ensuite, sa carrière s'était divisée en deux voies bien distinctes. Toujours des plaidoiries pour défendre les membres des organisations révolutionnaires armées, à l'exception toutefois des sympathisants à la cause palestinienne ; et d'autre part, des affaires banales, sans grande envergure, uniquement axées sur le droit civil.

Proche du pouvoir en 1981, il rompit brusquement avec les socialistes à l'arrivée de Laurent Fabius à Matignon.

Depuis une douzaine d'années, Philippe Balmard ne plaidait plus de dossiers liés à la politique. Mais, récemment, il avait accepté la défense des trois militants de l'Action Anarchiste Armée, accusés d'avoir commis des attentats meurtriers contre des hauts fonctionnaires de police…

Célibataire, et n'ayant aucune famille, l'avocat n'employait qu'une seule collaboratrice régulière depuis plus de vingt ans : Eva Pavan.

Contactée par les journaux, elle s'était refusée à toute déclaration…

À propos de Dominique Lukya, seul *Libération* donnait un élément nouveau sur son existence. Le travesti était apparu dans une vingtaine de films X homosexuels, tournés en France, en Allemagne, en Hollande et aux États-Unis. De 1979 à 1981. Le texte relatant les activités cinématographiques du suspect, ainsi que sa filmographie, étaient signés par un certain Michel Tours.

Gabriel écrasa le mégot de sa cigarette dans un cendrier publicitaire, nota le nom du journaliste, redescendit à la réception, constata que la pluie tombait toujours, releva le col de son imperméable, courut aux bureaux de *Libération* et y apprit que Michel Tours ne travaillait pas pour le quotidien.

Il avait simplement proposé un article pour l'occasion. Obtenir son téléphone ne fut pas difficile. Le type figurait dans l'annuaire.

Gabriel l'appela d'une cabine publique.

Une voix lasse le reçut au bout du fil.

– Michel Tours. J'écoute...

Gabriel préféra ruser et s'affubla d'un coriace accent belge.

– Paul Juquelli à l'appareil. Je prépare l'édition d'un bouquin sur l'histoire du film pornographique et on m'a signalé que vous pouviez sûrement m'aider en ce qui concerne le chapitre des productions homosexuelles... Je suis à Paris pour vingt-quatre heures...

– Vous avez besoin de quoi exactement ?

– D'un auteur pour rédiger cette partie. C'est bien payé...

Il y eut un court silence au téléphone, puis la voix fatiguée reprit :

– Vous pouvez venir maintenant ? Rue Houdon... Près de Pigalle...

Le Poulpe nota l'adresse, raccrocha, se hâta vers la station des taxis de la place République.

– Rue Popincourt.

Le chauffeur appuya sur le bouton du compteur et démarra.

Le poste radio dégoulinait de musiques du passé. Gabriel entendit Dario Moreno roucouler *La Vénus de Milo* et se souvint que l'auteur des insensées paroles de cette chanson n'était autre que Boris Vian, sous un pseudonyme.

Quelques minutes plus tard, il entrait dans le petit salon de coiffure de son amie Cheryl et lui faisait signe d'abandonner la plantureuse fausse blonde qui faisait teindre les racines de son abondante chevelure filasse en racontant d'une voix rigolarde les derniers potins du quartier.

Cheryl confia la cliente à l'une de ses jolies stagiaires, alla dans l'arrière-boutique et en referma la porte sur son visiteur.

– Tu vas bien, mon beau ?

Elle le regardait en restant sur la défensive, croisant ses belles mains sur une chemisier de soie d'une blancheur éclatante et humectant de salive ses lèvres carminées avec soin.

Il prit un air ennuyé.

– Je ne suis pas venu te voir depuis trois semaines, mais ça n'empêche pas les sentiments.

La jeune femme répliqua aussi sec :

– Me prends pas pour une connasse, bordel de merde. Tu as besoin de quoi, aujourd'hui ?

Gabriel fut direct :

– Mon costume chic est rentré du teinturier ?

– Il y a un bon moment… Quoi d'autre ?

– Tu peux me faire une permanente très bouclée pour changer ma tête ?

Cheryl fronça les sourcils en râlant :

– Monsieur reprend ses enquêtes... Tu fais chier à prendre des risques à la con. C'est quoi, ce coup-ci ?

Il s'installa sur une chaise.

– Je t'expliquerai pendant que tu me changes la tronche...

Elle se résigna et fit ce qu'il lui demandait...

Soixante minutes plus tard, Gabriel Lecouvreur descendait d'un autre taxi. Il ressemblait à Lionel Jospin jeune et arborait une large paire de lunettes à la monture rouge vif et aux verres fumés.

Il entra dans une maison de la rue Houdon, grimpa cinq étages aux marches encaustiquées à la perfection, parvint à une porte sur laquelle une carte de visite mauve était punaisée, y lut le nom de Michel Tours et sonna.

Un barbu d'une cinquantaine d'années lui ouvrit.

– Paul Juquelli ?

Gabriel opina de la tête, sourit et pénétra dans un minuscule appartement tapissé de livres, de magazines et de cassettes vidéo. Une forte odeur de haschich flottait dans l'air. L'ordinateur côtoyait un magnétoscope tristandard. Une collection de vibromasseurs décorés aux armes de divers pays garnissait le haut d'un grand téléviseur. Au centre de la pièce, un mannequin de cire était vêtu de sous-vêtements en dentelle noire.

– Café, vin ou bière ? s'enquit Michel Tours.

– Bière, merci.

– C'est vrai que vous êtes belge. C'est quoi, la maison d'éditions du bouquin ?

– Chair. C. H. A. I. R., à Bruxelles.

L'hôte déboucha une bouteille de Janlain, remplit deux verres et demanda :

– Vous êtes nouveau dans le porno ?

– Tout neuf, ricana Gabriel.

– C'est pour ça que je ne connais pas votre nom.

Le numéro de *Libération* traînait sur une pile de photos obscènes.

Gabriel ramassa et déclara :

– J'ai lu ça, tout à l'heure… Vous croyez que cet acteur a tué l'avocat ?

– Domino ?

– Oui. Le travesti…

Michel Tours se roula un joint et murmura :

– Certainement pas…

– Pourtant, d'après la police…

– J'ai très bien connu Domino. Il n'est pas du genre à faire ça.

– Dans sa partie, on peut déraper, non ?

– Pas lui… Certainement pas lui… Mais passons à autre chose, monsieur Juquelli. Combien vous allez me payer si j'accepte de rédiger ce chapitre sur le film porno homosexuel ?

Deux coups violents furent soudain donnés à la porte.

Michel Tours pâlit et laissa tomber son papier à cigarettes sur le sol.

Derrière la porte, une voix hurla :

– On sait que tu es là. Vaut mieux que tu ouvres…

L'historien du cinéma pornographique trembla de tous ses membres, s'approcha pourtant de la porte, hésita en regardant son visiteur et se décida quand même à ouvrir.

Deux colosses surgirent dans la pièce. Un blond et un chauve. Le chevelu dit à Gabriel :

– Dégage. On doit causer à cette lope.

Le Poulpe croisa le regard du quinquagénaire barbu, sentit la panique qui l'anéantissait, le rassura d'un battement de cils et resta sur son siège.

L'individu au crâne lisse s'amusait à faire craquer la jointure de ses doigts. Il respirait bruyamment, raclait le fond de sa gorge et transpirait de lourdes gouttes qui achevaient leur flot dans le col impeccable de sa chemise amidonnée. Son acolyte blond portait un costume à carreaux, qui accentuait sa carrure imposante, et roulait des yeux pour signifier la cruauté méchante qui l'animait en permanence.

Il empoigna Gabriel par le bras :

– Tu nous laisses, le frisé…

Lecouvreur conserva son faux accent belge pour répliquer :

– Qu'est-ce que vous lui voulez à monsieur Tours ?

Le colosse gonfla ses muscles et voulut soulever Gabriel du fauteuil. Il reçut le coude du Poulpe en pleine tempe, se figea d'abord puis tituba sous la douleur.

Surpris de la tournure prise par les événements, le chauve ne réagit pas.

Une des jambes immenses de Lecouvreur bougea, décrivit un mouvement vers le haut et son pied écrasa les testicules de la face de lune.

Le chevelu reprit ses esprits, enserra le corps de Gabriel dans ses deux bras puissants et serra de toutes ses forces. L'air ne parvenait plus dans les poumons du Poulpe. Il entendit un de ses os craquer, se mordit les lèvres pour ne pas crier de douleur, vit son adversaire lever le visage et balança aussitôt la tête pour lui donner un coup violent du front sur la base du nez.

Un bruit révélateur de fracture ponctua l'initiative.

Le sang du colosse pissa.

Surpris par la riposte, le blond lâcha sa proie, se baissa et reçut le genou droit de Lecouvreur à la pointe du menton. Il s'étala en arrière, accrocha le mannequin paré de sous-vêtements et le renversa dans sa chute.

Michel Tours regardait le combat avec des yeux écarquillés.

Il ne vit pas que le chauve sortait à présent un revolver de sa poche et le pointait sur son visiteur.

– On arrête ces conneries !

Le Poulpe leva les mains, oublia son accent et demanda :

– Vous êtes venu pour quoi ?

– Je dois trente mille balles que je ne peux pas payer. Dette de poker, expliqua l'historien de la pornographie.

Gabriel baissa les bras, alluma une cigarette, vida lentement son verre de Janlain et s'adressa au chauve qui le tenait toujours sous la menace de son arme :

– Tu travailles pour Cornavon ou pour Minard ?

Michel Tours donna la réponse à la place du colosse :

– Cornavon.

Gabriel joua avec ses lunettes brisées dans la bagarre et se reversa de la bière.

– Téléphone-lui et passe-le moi.

Le blond écarta le mouchoir avec lequel il épongeait l'hémorragie insistante de ses narines et avança en grognant :

– Des clous. Je vais m'occuper de toi.

Gabriel soupira.

– Et tu auras des ennuis avec Cornavon… Alors, vous l'appelez ?

Le chauve réfléchissait. Comme il n'en avait pas l'habitude, son visage trop lisse se craquelait soudain d'une incroyable quantité de rides. Après de longues secondes d'attente, il baissa enfin son revolver, composa un numéro de téléphone, attendit et articula péniblement :

– Patron, il y a quelqu'un qui veut vous causer… Son nom ?

Lecouvreur cria :

– C'est le Poulpe.

Surpris, le chauve déclara :

– Il vous prend…

Gabriel se leva, écarta le colosse et s'empara du combiné.

– Salut, monsieur Cornavon.. Vous les employez de plus en plus cons, vos encaisseurs… Moi ? Merci, ça va doucement… Mais j'ai un peu amoché votre personnel… Bon, dites-moi, la petite dette de Michel Tours, vous pouvez attendre encore ?… J'en suis garant… Non, ce n'est pas un ami. Seulement, j'ai besoin de ses lumières et je ne peux pas me permettre de patienter jusqu'à sa sortie de l'hôpital. Vous comprenez ça… Alors, c'est d'accord ? Bien… Je vous repasse un de vos sbires. À bientôt…

Il tendit l'appareil au chauve.

Cinq minutes plus tard, les deux colosses étaient partis.

Michel Tours tentait de se calmer en inhalant fébrilement une nouvelle ration de cannabis. Lorsque sa peur fut éteinte, il demanda à son sauveur :

– Pourquoi cette comédie, tout à l'heure ? L'accent wallon, l'air abruti et ces salades au sujet du bouquin ?… Qu'est-ce que vous me voulez vraiment ?

Gabriel termina la bouteille de Janlain et joua cartes sur table :

– Parle-moi de Domino… C'est ça qui m'intéresse.

Le barbu quinquagénaire hésitait.

– Qui vous êtes ? Un flic ?

– Non. Mais je suis comme toi. Je ne pense pas que Dominique Lukya soit l'assassin de Maître Philippe Balmard.

– Vous êtes journaliste ?

– Pas du tout… Et on ne va pas continuer à tourner autour du pot. Je viens de te rendre un foutu service, barbu… Tu as une sacrée chance que Cornavon m'aime bien. Si ta dette de jeu avait été avec Minard, c'était fichu… Lui, il ne m'a jamais eu à la bonne… Maintenant, si tu ne veux pas m'aider, je peux rappeler Cornavon et lui dire que j'enlève ma garantie pour toi. Dans ce cas, tu souffriras de manque d'herbe sur ton lit de souffrance… Tu choisis vite… Je n'ai pas que ça à faire…

Michel Tours se taisait toujours.

Le Poulpe ajouta :

– Dans *Du Côté de l'Enfer*, Joachim Dachmann a écrit : «*La prudence et la peur sont les deux mêmes faces de l'hostilité à soi-même. Celui qui hésite sous l'influence de ces sentiments pense pouvoir contrôler un moment de son existence et plier le temps à son désir. Mais en fait, il ne fait ainsi que fuir la réalité qui, tôt ou tard, l'épinglera au mur de manière implacable, comme un vieux papillon aux ailes desséchées.*»

Michel Tours perçut vaguement le message de la citation et accoucha :

– Dominique Lukya est né au Cameroun, mais il fut élevé en France. Quand il avait quinze ans, toute sa famille est morte dans un incendie qui avait été probablement allumé par les commerçants au seuil de la faillite qui occupaient le magasin en bas de son immeuble. Sa sœur était encore un bébé et elle fut la seule à ne pas mourir, car elle était en garde chez une nourrice dans un autre quartier.

À la suite du drame, Lukya arrêta ses études de commerce et chercha du boulot pour subvenir aux besoins de la frangine. Des embauches peu reluisantes se succédèrent... Jusqu'au jour où l'évidence de son homosexualité le porta à se diriger vers le tapin... Il a débuté dans cette rue. En bas... C'est comme ça que je l'ai connu et orienté vers le film pornographique. J'en écrivais alors beaucoup pour plusieurs producteurs. Il m'arrivait de leur amener des nouveaux talents... Dominique leur a tout de suite plu. Beau comme il était, ses partenaires se le disputaient même après la journée de travail...

Après deux ou trois ans de tournage, Dominique en a eu marre du cinéma de cul. Il a tout laissé tomber pour se laisser entretenir par un homme marié. Un toubib... Pendant plusieurs mois, ça s'est bien passé. Et puis, la famille de son amant a découvert la liaison... Alors, Domino est retourné au tapin, mais cette fois, il partit bosser dans les allées du bois de Boulogne. Et je l'ai perdu de vue...

Il s'interrompit, se massa le poignet droit et ses yeux se perdirent dans le vide. Gabriel Lecouvreur sentait que son interlocuteur n'avait pas tout à fait terminé son récit.

Il attendit la suite.

Elle vint.

– Le hasard m'a remis en présence de lui, l'an dernier. Il était au volant de sa voiture et patientait à un feu rouge. Quand il m'a vu traverser, il m'a appelé. Je suis monté dans la bagnole et nous avons été prendre un verre dans son Loft à Montparnasse. Il avait beaucoup changé. Il s'était fait gonfler les seins pour ressembler vraiment à une femme. Je fus surtout étonné de constater qu'il s'était spécialisé dans la domination... À l'époque où il était encore acteur, il refusait absolument ce genre de choses...

Au cours de la soirée, il m'a expliqué que satisfaire les masochistes était très rentable comme truc et que le racolage se faisait facilement par Minitel. Je me souviens également qu'il m'a dit qu'il comptait arrêter bientôt la prostitution parce que sa frangine n'avait plus besoin de ses sous.

Voilà... C'est tout ce que je peux vous raconter sur Domino.

– Sa sœur, c'est qui ?

Le barbu répondit avec un geste vague :

– Je n'en sais rien. À part moi, tout le monde doit même ignorer qu'il a une frangine. C'est un soir de cafard, ici, qu'il m'en avait parlé. Par la suite, je ne l'ai plus jamais entendu y faire allusion. Sauf, quand on s'est revu, l'an dernier. Et c'est moi qui en ai parlé. Sa réponse fut brève... gênée, même... Je n'ai pas insisté... En tout cas, je peux vous dire que Dominique n'a pas pu tuer quelqu'un... Il avait la tête trop froide...

Gabriel comprit qu'il n'apprendrait rien de plus du joueur.

Il se leva pour partir, enjamba le mannequin aux parures fétichistes qui gisait toujours sur le sol, posa la main sur la poignée de la porte, mais arrêta son geste pour poser une dernière question :

– Domino t'a dit avec quel réseau de Minitel son recrutement se faisait ?

Michel Tours chercha un instant dans sa mémoire.

– 36 15 Pan Pan.

5

Le choc avait d'abord étourdi Dominique Lukya. Il émergea par étape d'un chaos de brume, parvint à ouvrir les yeux, aperçut alors le ciel au-dessus de lui et réalisa qu'il ne se trouvait plus dans le coffre de la voiture.

Son corps était pourtant toujours ligoté.

Une forte odeur de brûlé l'étouffa.

La stridence persistante d'un klaxon lui cassait les oreilles.

Le travesti s'efforça de changer de position, se tourna sur le flanc et leva la nuque pour regarder en direction de l'incessante sonnerie.

Une explosion le fit tressaillir avant qu'il n'achève sa rotation.

Puis le silence retomba sur lui.

Il pivota sur le bitume et vit la Mercedes flamber au milieu de la route. Les environs étaient déserts, à l'exception du corps inanimé de Caïn Kahane en bordure de la pente douce qui menait à la plage.

Au loin, la cloche d'une église annonçait le service de midi.

Domino essaya de se dégager de ses liens sans pouvoir y réussir. Son bras gauche était insensible. Le froid anesthésiait ses douleurs. Du sang séché lui collait la bouche.

Il se déplaça en titubant vers un arbre et s'y adossa. La tête lui tournait, mais le vent glacial l'empêchait de perdre connaissance et, peu à peu, les étapes de l'accident revinrent éclairer sa conscience. Dans sa prison métallique, Lukya avait senti le véhicule déraper, heurter violemment un obstacle et se retourner plusieurs fois. Pendant ce carambolage, il s'était évanoui. La chance avait voulu que le coffre s'ouvre au cours de la collision et que son corps soit éjecté sur la route.

Il regarda vers la gauche et aperçut le cadavre d'Abel Habetz, désarticulé au milieu des débris de verre. Le tueur avait certainement traversé le pare-brise et opéré un vol plané meurtrier. La mare de boue sanglante qui lui tenait lieu de tête suffisait à témoigner la violence de sa réception au sol.

Entre la carcasse de la Mercedes et lui, un revolver gisait.

Le travesti détourna les yeux en direction de Caïn Kahane et constata que le petit homme malingre se relevait, vacillait un moment et inspectait les dégâts. La jambe gauche de son pantalon était déchirée. Une estafilade rouge et noire laissait voir la chair arrachée. Il voulut marcher.

La douleur lui fit pousser un cri et Domino l'entendit gémir.

– Merde. Ma patte. Elle est blessée.

Ahuri par son état, il n'osa plus tenter le moindre mouvement, scruta les abords de la route, sursauta en voyant la voiture qui achevait de brûler et pâlit d'effroi en reconnaissant le cadavre d'Abel Habetz. Une impression de solitude définitive le mortifia. Des larmes silencieuses coulèrent sur son visage et ne cessèrent qu'à la seconde où il réalisa la présence de Dominique Lukya, bien vivant et adossé contre le tronc d'arbre. Troublé, il se frotta les yeux, retrouva des forces, rampa fébrilement jusqu'au travesti et lui ôta son bâillon.

– On l'a échappé belle, tous les deux, ironisa le Camerounais.

Kahane ne sut quoi répondre.

Domino continua :

– Maintenant, c'est toi qui vas devoir me tuer.

Cette évidence affola son interlocuteur. Une vague de violents sanglots le brisa et les secousses procurées par la crise de larmes lui donnèrent la nausée.

Il vomit sur son costume et avoua :

– J'ai jamais fait ça, moi...

Lukya ne put s'empêcher de rire.

– C'est ton problème. Pas le mien.

La réaction du prisonnier vexa Caïn. Il contint sa souffrance, se dressa sur ses jambes et réussit à faire quelques pas en boitant. Cette victoire l'enorgueillit. Un courage tout nouveau le galvanisait. Son imprévisible dureté lui donnait l'impression formidable de ressembler à son copain Abel.

Il avança jusqu'à son cadavre, le fouilla, trouva ses papiers et des grosses liasses de billets de banque qu'il transvasa dans ses poches. Ensuite, il se traîna péniblement jusqu'au revolver, le ramassa, revint se poster devant Dominique Lukya et lui montra l'arme :

– Je vais te détacher. Mais si tu tentes de fuir, je tire. Compris ?

– C'est la meilleure solution.

Kahane fouilla dans sa poche, trouva un paquet de cigarettes, en alluma deux et en déposa une entre les lèvres ensanglantées du travesti.

– On fume d'abord... Tu n'as rien de cassé ?

– Le bras ou l'épaule... Je ne sais pas. Comment c'est arrivé, l'accident ?

Caïn souffla la fumée du tabac et raconta :

– Un lapin des sables a surgi devant nous... Abel ne s'y attendait pas. Il a perdu le contrôle de la Mercedes. On a fait alors du slalom comme une boule dans un billard électrique. La carrosserie a heurté un arbre et puis un autre... Moi, j'ai débouclé ma ceinture et ouvert la portière. Mon pote aussi, mais lui, il n'a pas eu le temps de sauter. La bagnole s'est retournée deux ou trois fois et Habetz a traversé le pare-brise pour...

Il regarda dans la direction du corps de son

complice, cessa de parler, enleva la cigarette des lèvres peintes de son prisonnier et entreprit de le délivrer des cordes qui le saucissonnaient.

Domino grimaça lorsque son bras gauche se retrouva libre.

Il articula en serrant les dents :

– C'est l'épaule qui s'est démise. Va falloir que tu m'aides pour que je la remette en place.

– Moi ?

– Oui. Enlève d'abord mon pull. Je n'y arriverai pas tout seul.

Le petit homme malingre avala sa salive, posa des mains tremblantes sur la taille de Domino et fit glisser doucement son mohair.

Les gros seins nus du travesti jaillirent.

– C'est des vrais ?

Lukya ricana :

– De la silicone. Maintenant, arrête de te rincer l'œil. Enroule la corde autour de mon bras et passe-la ensuite autour de l'arbre.

Sans quitter des yeux la poitrine artificielle de l'Africain, il s'exécuta.

Quand tout fut mis en place, Dominique s'arc-bouta, tira sur la corde en se jetant en arrière, poussa un cri sous le craquement de l'os qui se remboîtait, mordit ses lèvres et jura :

– Putain de Dieu…

Il s'affala sur le sol en soupirant :

– C'est bon… Tout est rentré dans l'ordre.

Son compagnon le regardait avec autant d'admiration que d'hébétement.

Après avoir repris son souffle, Dominique lui tendit le pull.

– Aide-moi à le remettre. J'ai froid.

Le contact de la peau du Noir fit trembler un peu plus fort les mains de Kahane. Domino le remarqua, désigna du menton le revolver que son compagnon serrait toujours dans sa main droite et conseilla :

– Fais gaffe à ton flingue. Avec ta tremblote, tu pourrais te tirer dessus.

L'autre se sentit gêné. Il enfouit l'arme dans sa poche.

– Tu ne vas pas t'enfuir ?

Pour toute réponse, Dominique Lukya examina la blessure du petit homme.

– C'est pas trop grave ton bobo, mais vaudrait mieux le nettoyer. Tu es vacciné contre le tétanos ?

– Non…

– C'est pas prudent, ça…

Caïn fronça les sourcils en bégayant :

– Tu… tu crois ? …

Domino se releva.

– Bon, on va descendre tous les deux jusqu'à la mer. Mais tu ne vas pas rigoler… L'eau salée sur une éraflure de ce genre, ça va te piquer pendant un bon moment. Allez, viens… Je vais t'aider à marcher.

L'athlétique Camerounais soutint Kahane jusqu'au rivage.

Une fois assis sur la plage, il lui arracha un morceau de sa chemise, alla le tremper dans l'eau salée, revint sans se hâter et le posa sur la blessure.

La douleur fut si vive que Caïn s'évanouit aussitôt.

Dominique nettoya la plaie, arrangea un bandage de fortune, fouilla les poches du petit homme malingre, lui prit son revolver, alluma une cigarette et inspecta le contenu de son portefeuille. Une carte d'identité récente précisait que Kahane Caïn était né le 12 mars 1955 à Vannes de nationalité française, mesurait 1m63 et vivait au 72 rue Jean Meckert, Paris 12ème. Celle du mort révélait que Habetz Abel était né le 3 janvier 1948 à Colmar, mesurait 1m85 et habitait au même domicile que Caïn Kahane.

Les autres papiers n'apportaient aucune information. Des bulletins de loto périmés... Un ticket de cinéma déchiré... Une carte de fidélité pour un sex-shop de la rue Saint-Denis. Pas de carnet d'adresses.

Les autres poches de Caïn contenaient les billets de cinq cents francs qu'il avait pris sur le corps d'Abel.

Dominique Lukya les compta et en trouva un peu plus de trois centaines.

C'était tout.

Alors, le travesti empoigna le revolver et parla pour lui-même :

– Je vais attendre ton réveil, ordure... Et tu vas m'expliquer pourquoi on m'a mis dans un tel merdier.

6

– Je peux utiliser ton Minitel ?

Cheryl referma son peignoir, chaussa une vieille paire de mules et préféra réfugier sa colère dans l'humour :

– Tu veux nous chercher un partenaire ?

Gabriel acheva de se frictionner les cheveux, jeta la serviette éponge dans la baignoire :

– Pourquoi pas *« une »* partenaire ?

La jeune femme encaissa la riposte sans broncher, attacha la ceinture de son vêtement et battit en retraite en direction de la cuisine :

– Cette petite partie de jambes en l'air m'a donné une grosse faim. Pendant que tu pianotes, je nous prépare quelque chose à bouffer.

Il la remercia d'un geste de ses longs bras, tapa 36 15 Pan Pan sur le clavier, se baptisa : HOMME CHERCHE REEL, précisa dans son C.V. : *« Amateur de punition recherche exotisme à Paris »*, et opta pour Dialogue en direct.

Une impressionnante liste de pseudonymes s'aligna devant ses yeux. L'offre et la demande ne s'y équilibraient pas. Les demandeurs dépassaient de beaucoup ceux qui proposaient de les satisfaire.

Les premiers messages ne lui parvinrent qu'après deux ou trois minutes. La plupart de ses correspondants souhaitait principalement connaître sa description physique, lui demandait quelquefois de préciser la nature exacte de ses goûts sexuels ou proposait de l'exciter au téléphone.

Il écarta les solliciteurs qui ne lui semblaient pas être des professionnels et lança plusieurs appels en direction des pseudonymes qui utilisaient le terme de travesti dans leur identification. Là aussi, il ne récolta que de banales propositions compassées, des prières romantiques d'invertis à la recherche d'un concubinage inattendu ou les délires trivialement vicieux de gentils amateurs sans exigence vénale.

Cheryl revint dans la chambre avec un plateau garni de tapas et suivit les agissements de son amant sur le tabulateur.

– Ton Domino doit avoir une boîte aux lettres si elle racolait ses clients par les petits annonces. Tu devrais plutôt consulter ça…

Gabriel approuva l'idée de son amie, alla au Sommaire et choisit de consulter le réseau des Petites Annonces du 36 15 Pan Pan…

Pour lui permettre cet accès, le logiciel exigeait son code secret ou la création de sa propre boîte aux lettres.

Il opta pour la seconde alternative et tapa *« Cheryl »* comme mot de passe.

Elle fulmina :

– Tu es vraiment le plus grand empaffé que je connaisse.

– Pas que je sache, mais on ne peut jamais jurer de rien.

Une nouvelle liste s'inscrivait sur l'écran. Tout en grignotant sans plaisir l'abominable nourriture préparée par sa maîtresse, le Poulpe lut les signatures de chaque annonce et repéra celle qui dissimulait l'identité de Dominique Lukya :

« Travesti non opéré, avec un corps d'ébène et une superbe poitrine, reçoit messieurs courtois et motivés dans un décor approprié à satisfaire les fantasmes de soumission.

Laissez vos messages et votre numéro de téléphone sur ma BAL :

Domino Black.

Je vous rappelle avec discrétion. »

– C'est certainement ça, commenta Gabriel.

Il quitta la rubrique des annonces pour aller consulter celle des boîtes à lettres.

Une douzaine de Domino apparurent, mais il n'y avait qu'un Domino Black.

Cheryl versa un verre de Lowenbrau, le tendit à Gabriel et soupira :

– Faut bientôt que je retourne au salon. Tu ne pourras pas lire son courrier sans le code secret. Alors, arrête de me ruiner.

Elle coupa le contact. L'écran s'éteignit.

Gabriel ne protesta pas. Il savait que sa maîtresse avait raison. Les messages du Camerounais étaient forcément protégés par un code secret. Malgré la bonne volonté de Michel Tours, aucune piste ne s'ouvrait à lui.

Étonnée qu'il ne proteste pas contre l'habituelle médiocrité de sa cuisine, Cheryl le regarda amoureusement boire la bière, se mit nue et lui proposa avec douceur :

– Si tu veux qu'on remette ça, décide-toi.

L'idée parut bonne à Gabriel.

Il contempla le corps de la jeune femme, s'allongea en travers du lit et glissa le plateau couvert de l'immonde nourriture sur une haute pile de magazines qui s'éparpillèrent aussitôt dans la pièce.

L'un d'eux s'ouvrit aux pages des présentations de la collection de printemps d'un grand couturier. Gabriel tressaillit :

– C'est elle.

Cheryl sentit que le moment de la bagatelle était passé.

Elle remit son peignoir en rugissant.

– D'accord. On oublie... Tu bandes pour les Top models, maintenant ?

Son amant l'entendait à peine. Il crispait les mains sur le magazine et ses yeux fixaient intensément le visage d'un somptueux mannequin noir qui présentait une robe de mariée.

D'une voix excitée, il demanda :

– Tu sais qui c'est ?

Cheryl boudait en remettant son soutien-gorge.

Le Poulpe s'entêta :

– Tu connais le nom de cette fille ?

– Je m'en fous.

Il insista :

– Son regard, c'est exactement le même que celui de Dominique Lukya sur le journal. Depuis ce matin, je cherchais où je l'avais vu, ce regard. Maintenant, je sais. C'était sur les couvertures de revues exposées dans les kiosques... Elle s'appelle comment cette nana ? Merde, Cheryl, tu le sais...

En ravalant son amertume, la jeune femme contempla en soupirant le visage de la beauté noire.

– Lunamour. C'est le Top model de l'année. T'es content ? Elle ressemble au travesti qui t'obsède. Et après ?

Le Poulpe rit aux éclats.

– Et après ? Je te parie que c'est sa petite sœur.

7

Lunamour replia un journal français, le posa sur un fauteuil de la loge et gâcha son maquillage en pleurant. Tous les mystères qui entouraient la vie de son frère se levaient en un instant. Elle découvrait qu'il s'était prostitué pour l'aider à faire des études et à ne jamais connaître la pauvreté.

Depuis plusieurs années, la jeune femme ne le voyait plus. Il lui parlait au téléphone, lui envoyait des lettres, de jolis cadeaux, de l'argent, l'encourageait vivement dans sa carrière de mannequin débutante et lui prodiguait les meilleurs conseils pour y réussir. Jamais elle n'avait imaginé l'existence sordide qu'il devait vivre pour lui permettre d'aller ainsi au bout de son rêve de petite fille.

De nombreux détails lui revinrent à l'esprit, éclairant subitement des moments obscurs de leur relation. Ils expliquaient à présent toute la prudence généreuse qu'il avait bâtie pour la protéger. C'est lui qui avait demandé à ce que sa nourrice l'adopte et lui donne ce nom de Marianne Trigost. Soi-disant pour qu'on la croie vraiment française... En fait, ce stratagème coupait tout lien légal entre eux et empêchait la police de pouvoir un jour remonter jusqu'à elle.

Maintenant, le monde entier ne connaissait que Lunamour. Naima Luckya n'existait plus. Et Marianne Trigost non plus... Chaque média auréolait Lunamour de gloire sous ce nom et lui donnait le loisir de vivre en permanence dans le luxe merveilleux d'un conte de fée moderne.

Elle en profitait sans vergogne, abandonnant ses riches amants avec la même désinvolture qui lui avait fait les choisir pour une nuit, un mois ou un an. Jamais plus... Bientôt, un contrat en instance lui permettrait de devenir la partenaire de Sylvester Stallone dans une superproduction américaine. Les plus importantes maisons de disques insistaient déjà pour lui faire enregistrer un duo d'amour avec leurs plus grandes stars. Partout dans le monde, des millions de petite filles noires faisaient d'elle leur idole. La moindre de ses photographies se vendait à prix d'or…

Mais l'affaire où son frère se trouvait accusé lui faisait soudain prendre conscience de la superficialité de toutes ces paillettes médiatiques.

Peter entra dans la loge, contempla le visage dévasté de Lunamour, faillit tomber à la renverse et se lamenta d'abondance en réalisant qu'il allait falloir lui refaire son maquillage.

Il hurla de façon pitoyable en un français approximatif :

– Mon chéri, qu'est que toi as fait ? Pourquoi pleurer ?

Elle reprit contenance et contrôla ses nerfs.

– La fatigue, Peter. I'm tired. Plus tard, les photos. Please. Later…

– Pas le temps, Lunamour… Now, les photos. Maintenant…

– O.K., appelle Nina. Call Nina. Pour refaire le maquillage…

Peter sortit à toute allure de la loge. Restée seule, la jeune femme saisit le téléphone et composa le numéro de son agent à Paris.

– C'est Lunamour. J'ai besoin de repos. Tout de suite… Ne me demande rien. Tu arranges ça… O.K., salut Max.

Elle raccrocha et alluma une cigarette.

D'autres images vinrent la hanter. Celle du visage très fatigué de son frère lorsqu'il venait la voir tôt le matin, avant qu'elle parte pour la maternelle. Et ces marques de coup sur les joues, un soir de Noël… Il lui avait assuré que c'était à cause d'un stupide accident de bus. Enfin, la trace de vernis violet sur ses ongles qui l'avait étonnée, une fois où elle était très malade et qu'il était arrivé, dans la nuit, en toute hâte pour rester veiller à son chevet.

Nina entra dans la loge, jura en italien du sud et s'activa pour lui rendre les apparences de déesse que son public attendait. Lunamour la laissait faire, consciente de ne pas devoir se trahir en révélant son secret à la maquilleuse. C'était ça, le pire. Elle ne pouvait confier sa détresse à personne.

Lorsque le masque de star fut réajusté, elle traversa les sombres couloirs qui menaient au studio. Son cœur battait à rompre. Le ventre lui brûlait. Une boule étouffante se durcissait dans sa gorge. Mais il ne fallait pas qu'on puisse deviner son état. Elle devait faire illusion.

Les heures passèrent sous les sunlights.

Les poses se succédaient.

Le temps mourait trop lentement.

Elle n'en pouvait plus.

Un appel de Max provoqua une interruption de la séance.

Il lui apprit qu'elle pourrait prendre du repos le lendemain. Pas avant… Sa présence au défilé de mode à Paris était impérative. Elle devait prendre l'avion à Londres juste après la séance de photographie pour participer à la présentation dans la soirée. Ensuite, il allait geler les autres contrats. Lunamour le remercia, avala un thé bouillant et retourna servir d'image phare pour ceux qui rêvaient de lui ressembler un jour.

8

Michel Tours regardait le corps sculptural de Dominique Lukya se donner à trois athlètes blonds. L'image vidéo ne possédait aucune qualité technique. La lumière peu travaillée tamisait mal le grain des peaux. De nombreuses rayures d'usure apparaissaient sur l'écran. La cassette n'était pas neuve. Le barbu l'avait cent fois visionnée.

Il se versa un verre de Cognac bon marché, alluma une cigarette brune et se renversa sur son fauteuil. Le regret de n'avoir jamais osé coucher avec Domino augmentait sa morosité. Sa mort lui procurait d'ailleurs une peine infinie. Depuis le départ de Gabriel Lecouvreur, il se passait tous les films du travesti, comme en un hommage funèbre et sincère.

L'ivresse le gagnait. Une sensation de mollesse lui ôtait sa lucidité. Avachi dans la pénombre, les rideaux tirés, son attention happée par les gestes sensuels des acteurs, il n'entendait plus les bruits venant de l'extérieur et planait dans le flou de sa mémoire douloureuse.

Michel Tours n'avait aucun courage. Son tempérament toujours velléitaire s'assortissait parfaitement d'une incurable lâcheté. Sans cette propension à fuir la bravoure, il aurait essayé de venir au secours du travesti…

La visite du Poulpe le rassurait cependant. À présent, ils étaient donc deux à savoir que Domino avait une sœur. Restait encore à vérifier si ce petit secret pouvait être utile à quiconque.

Sa cigarette lui brûla les doigts, tomba sur la moquette et troua de noir fumant la laine épaisse.

Le barbu se pencha pour la ramasser et vit deux souliers vernis avancer lentement vers lui.

Sa tête se releva comme au ralenti.

Un homme d'une grande élégance le contemplait de toute la hauteur de son mètre quatre-vingt-quinze.

Michel bredouilla :

– Je ne vous ai pas entendu entrer.

– C'est sans importance, observa le dandy.

Tours demeura prostré dans sa position inconfortable, promena son regard sur son visiteur, admira la coupe parfaite du manteau et reconnut le numéro de *Libération* qui dépassait anormalement de la poche du luxueux vêtement.

Il tenta de chasser les vapeurs du Cognac.

L'homme ne lui en laissa pas le temps. D'un geste brutal, il le saisit par les cheveux, l'obligeant ainsi à se relever, et lui chuchota dans l'oreille :

– J'ai quelques questions à te poser.

Sur l'écran du téléviseur, Domino gémissait d'un plaisir peut-être simulé.

Le visage glabre du dandy affichait un sourire éclatant. Sa main accentua la pression sur la longue chevelure de sa victime.

Son regard restait froid.

Michel sentit la douleur devenir intolérable.

– Arrêtez… Vous me faites mal.

– Mais non. Je ne te fais pas mal… Pas encore. Ce n'est rien du tout, ce tout petit massage du cuir chevelu… Ne t'inquiète pas… Mais sois bien attentif… Car je n'ai pas envie de répéter plusieurs fois ce que je vais te dire. Tu as compris ?… Oui, je crois que tu as compris, mais j'aimerais mieux te l'entendre dire…

– J'ai compris.

Son bourreau n'abandonnait pas l'étreinte.

– Parfait. Ce matin, j'ai lu ton article sur Dominique Lukya et je me suis un peu renseigné. Il paraît que c'est toi qui as téléphoné au rédacteur en chef du journal pour proposer la filmographie de ce monsieur… Tu avais même l'air de beaucoup y tenir. Alors, je me suis dit que tu devais sans doute avoir de très bonnes raisons pour agir de la sorte. Si j'en crois le film que tu es en train de regarder, ce beau travesti à la peau d'ébène t'intéresse fort… Moi aussi, il m'intéresse… Seulement, je le connais bien moins que tu ne dois le connaître… Ne proteste pas, tu vas me mentir… C'est très mal de mentir… Je ne te le conseille pas… Surtout que des relations du quartier m'ont raconté que tu avais été assez bon ami avec Lukya quand il tapinait en bas de chez toi. Il semblerait même que tu sois le seul ami qu'il ait jamais eu… L'ennui, c'est que toi, tu n'a pas d'amis non plus. Et pourtant, depuis la parution de ton article, tu as eu de la visite. Alors que tu ne reçois jamais personne… C'est vraiment curieux, non ?

Les larmes coulaient dans la barbe de Michel Tours. Il lui semblait que ses cheveux saignaient tant la douleur aux racines était violente. Son corps entier se mit à trembler et la peur le dessaoula, tandis que l'homme élégant continuait son discours.

– À présent que je t'ai dit tout ce que, moi, je savais de toi, de tes rapports amicaux avec Dominique Lukya et des circonstances qui m'ont amené à venir te rencontrer, je vais juste te poser quelques questions auxquelles tu vas répondre sans me faire perdre mon temps. Compris ?… Tu m'écoutes ?

La voix de Michel Tours réussit à prononcer dans un râle :

– J'écoute.

Le dandy le maintint de la main droite dans sa position soumise, happa une cigarette de la gauche, la mit entre ses lèvres minces, pêcha un briquet dans la poche de son manteau, enflamma le tabac et attendit en souriant toujours.

Son prisonnier dit à nouveau :

– J'ai compris.

L'homme souffla une vague de fumée en direction du plafond.

– Première question… Tu as vu Dominique Lukya récemment ?

– Non.

– Tu en es sûr ?

– Oui…

Une gifle terrible s'abattit sur la joue du barbu, projeta sa tête en avant et la pression exercée sur ses cheveux augmenta d'intensité.

– La dernière fois que nous nous sommes rencontrés, c'était il y a un an… Par hasard… Je l'ai jamais revu depuis… Je vous le jure…

L'inconnu soupira et leva juste un peu la voix :

– Admettons que ce soit vrai. Maintenant, une deuxième question. Qui t'a rendu visite, ce matin ?

– Des encaisseurs pour dette de jeu…

– Qui ?

– Je ne connais que leurs prénoms : Sébastien et Frank. Un soir, j'ai été jouer au poker dans l'arrière-salle du 813… J'ai perdu et promis de régler plus tard… Alors, ils se sont pointés pour que je paye…

– Tu les as payés ?

– Je ne pouvais pas…

– Et ils ne t'ont pas amoché ?

– Non. L'autre type qui était là les en a empêchés. Il connaissait leur patron.

– Qui c'est, cet autre type ?

– J'en sais rien.

Un coup de pied d'une efficace précision lui heurta le tibia.

Michel Tours suffoqua sans crier, leva des yeux implorants vers le visage de son agresseur et constata que le dandy conservait un sourire impassible.

– Je t'ai demandé son nom…

Le barbu se souvenait que le faux Belge avait parlé au téléphone à Cornavon et s'était identifié comme étant le Poulpe. Il se rappela aussi que ce type aux longs bras était à présent le seul à connaître, avec lui, l'existence de la sœur de Dominique Lukya.

Son regard rencontra l'écran du téléviseur.

Le visage du travesti figurait en gros plan et cette image le convainquit de résister encore.

– J'en sais rien. Il m'avait rencontré dans un bar, la semaine dernière. Je devais lui prêter des films.

– Je n'achète pas ça.

En parlant, il lâcha son prisonnier.

Michel Tours bondit en boitant vers la fenêtre, souleva les rideaux et tenta d'ouvrir la crémaillère pour appeler au secours.

Son bourreau était déjà sur lui.

Le barbu se protégea maladroitement en agitant les mains, reçut les coups de chaussures du dandy et voulut échapper à la correction en bluffant.

– Moi, je sais que Domino n'a pas tué l'avocat !

L'homme s'immobilisa, respira profondément et recula de quelques pas.

Sa victime se levait en arborant un air de défi pour répéter :

– Je sais que Domino n'a pas tué l'avocat.

Le visiteur perdit le sourire qui ne l'avait pas quitté depuis son entrée dans l'appartement et parla avec une pointe de regret :

– Tant pis pour toi. Que tu me mentes ou pas, je n'ai plus le choix.

Son poing droit ganté de cuir souple assomma le barbu avec une facilité surprenante. Michel Tours s'étala dans la pièce.

Le dandy se dirigea vers la kitchenette en désordre, saisit une cuillère dans une tasse encore sale de café, la rinça soigneusement sous l'eau du robinet de l'évier, sortit quatre petits sachets d'héroïne de sa poche, en dilua le contenu avec science et prépara une dose massive.

Quand la mixture fut prête, il pompa la drogue dans une seringue, revint s'agenouiller auprès du barbu inconscient, lui releva la manche de sa chemise, enfonça l'aiguille dans la veine du bras gauche et y injecta la mort.

Il disposa ensuite la seringue usagée entre les doigts du cadavre, arrêta le magnétoscope, éjecta la cassette, la rangea dans son étui, empila les autres films pornographiques où apparaissait Dominique Lukya, transmit tout le contenu de l'ordinateur sur des disquettes neuves avant de vider sa mémoire, prit le temps de fouiller l'ensemble des dossiers alignés sur les étagères, réunit son butin dans un grand sac de plastique, sortit un téléphone portatif de sa poche, composa un numéro et dit :

– Une partie du problème est réglée.

Il raccrocha, se posta devant un miroir crasseux de nicotine, rajusta le nœud de sa cravate en satin et sortit de l'appartement.

9

L'imprimerie de Pedro ressemblait à un élément de décor d'un film en noir en blanc, tourné par un des maîtres du réalisme poétique au moment du Front populaire. On s'attendait à tout moment à en voir sortir le jeune Jean Gabin, sanglé dans une salopette d'ouvrier, le mégot de Gauloise au coin des lèvres et la casquette vissée sur le crâne.

Les groupes de touristes étrangers et des nostalgiques du passé du vieux Paris photographiaient régulièrement ce lieu unique, échappé miraculeusement à la rapacité des promoteurs et magnifié par les marques du temps.

Tout cela déplaisait beaucoup à son propriétaire, un Catalan de soixante-cinq ans dont la vie aventureuse avait laissé quelques traces indélébiles sur sa conception pessimiste de l'humanité tout entière.

Gabriel Lecouvreur adorait Pedro. Il savait que l'imprimeur avait été un grand copain de son père et, quand il était encore un gosse, il aimait l'entendre parler de ses parents que le destin lui avait arrachés l'année de ses cinq ans.

Le vieil homme terminait un copieux déjeuner à l'instant où le Poulpe entra dans l'immense atelier. Pedro râla pour la forme :

– Tu viens encore m'emmerder ?

– Faut bien se distraire quand il pleut… Et rien ne vaut les vieillards radoteurs pour amuser la galerie.

Le Catalan cacha son rire moqueur, désigna un réfrigérateur de la première génération qui occupait beaucoup de place dans un coin de la pièce et bougonna :

– Doit rester une Gueuze…

Gabriel ouvrit la lourde porte blanche, saisit la bouteille de bière couchée entre des monceaux de charcuterie, prit un verre relativement propre sur le bord du lavabo des toilettes et revint s'asseoir devant son ami.

– C'est honteux de ne pas aimer le vin, attaqua Pedro en se versant une copieuse ration de Côtes du Rhône.

– J'assume, rétorqua Lecouvreur en débouchant la Gueuze.

– Le pinard est un don du ciel. C'est même bien la seule chose qui me laisse croire à l'existence possible de Dieu. Rien à voir avec ta pisse à bulles… Quand je pense que tu avales cette vaisselle de houblon pour accompagner le Saint-Nectaire, j'ai l'estomac qui se rétracte de dégoût.

Il ponctua la morale de son discours gastronomique en se taillant une sacrée montagne de fromage.

La situation détendait Gabriel. Sans une engueulade en guise d'accueil, les rencontres entre ces deux hommes auraient perdu tout intérêt.

Son repas achevé, Pedro se leva de table, cligna de l'œil en direction de son ami et lui fit signe de l'accompagner à la cave.

Une trappe y conduisait.

Elle donnait sur une échelle.

Ils descendirent les échelons de bois vermoulu en silence.

Parvenu au centre de la pièce voûtée, l'imprimeur alluma la lampe d'un projecteur archaïque et se bourra une pipe à l'effigie de Bakounine.

– Qu'est-ce que je peux faire pour toi, mon grand ?

– Une carte de presse.

– Le journal ?

Gabriel alluma une cigarette, réfléchit un instant et répondit :

– *Vogue*, tu peux ?

– Oui... Mais pas avant demain... Faut que je retrouve un modèle...

Il ajouta d'une voix neutre :

– T'es sur quelque chose de dangereux ? Tu veux un flingue ?

– Pour l'instant, non...

L'imprimeur n'insista pas et précisa simplement :

– Même couleur de cheveux, cette fois ?

Le Poulpe opina de la tête, sortit son portefeuille, en tira une Photomaton de son visage et la tendit à son interlocuteur. Le vieil homme contempla le cliché, refoula toute son émotion et murmura comme pour lui-même :

– C'est fou ce que tu ressembles à ta mère en vieillissant...

10

Un aquarium gigantesque trônait sur un meuble bas et chromé. Des plantes marines dansaient entre les filaments d'algues colorées de lumières tournantes. De gros poissons exotiques flottaient, l'œil rond, impatients d'être nourris et peu enclins à nager de concert avec une grâce frivole.

Justin Narpi déplaça sa lourde carcasse graisseuse, ouvrit l'un des tiroirs de son bureau d'acajou, y cueillit des souris blanches par la queue et les plongea doucement dans l'eau.

Elles furent aussitôt dévorées par les piranhas.

L'agonie effarée des petits rongeurs n'intéressa l'obèse que pendant quelques secondes. Il s'en détourna pour questionner Charles Valmain :

– Comme ça, ils n'ont toujours pas pris le bateau ?

Son secrétaire garda les yeux baissés.

– Toujours pas... Bien sûr, Habetz conduit en général très lentement, mais je conviens que ce retard n'est pas vraiment normal...

Le gros homme explosa :

– Tu crois que j'ai besoin de toi pour savoir que ce n'est pas normal ? Je m'en rends compte que ce n'est pas normal... Merde alors, j'espère qu'ils ne vont pas encore traîner toute la journée avec le travelo vivant dans le coffre.

Valmain suggéra :

– C'est peut-être dommage de ne pas avoir simplement réglé tout ça ici. Dans la Seine, on ne l'aurait pas forcément retrouvé vite, ce Domino...

– La mer ! Il fallait la mer... Et loin... Au sud.

La Méditerranée... Là où les marées ne sont pas fortes... Pour qu'on ne retrouve jamais son putain de corps et qu'on le recherche encore bien vivant... Et pendant un sacré bout de temps... Un suspect qu'on croit en vie brouille mieux les pistes qu'un cadavre sans aveux... Il n'existe pas de meilleure méthode que la mienne... Je sais ce que je fais, moi... La poursuite de Dominique Lukya vivant est le seul bon moyen pour que la police confirme la version que nous avons élaborée dans cette affaire... Tu veux remettre en question ce que j'ai négocié ?

Il frappa du poing sur la table.

– Je ne me suis jamais trompé jusqu'ici. Tu entends... Jamais... C'est même pour ça qu'on m'a refilé le contrat. Justin Narpi était le seul à pouvoir faire ainsi dégommer sans discussion cet avocat gauchiste et amateur de flagellation.

Le silence pesa dans la grande pièce.

Charles Valmain restait immobile, la tête enfoncée dans les épaules et les yeux baissés. Il se reprochait son initiative. Justin Narpi détestait les conseils autant que la contradiction. Lui donner toujours raison était la seule manière de ne pas encourir sa colère.

Une sonnerie retentit.

L'obèse décrocha le téléphone, grogna quelques mots inintelligibles et écouta le rapport de son correspondant. Les muscles de son visage ne trahissaient rien du sentiment qui l'agitait. Il restait muet. Son regard de fauve disparaissait sous des paupières mi-closes. Les minutes s'écoulèrent sans qu'il prononce un mot. Le bourdonnement de la climatisation ronronnait dans la grande pièce. Les poissons carnivores s'étaient à présent couchés sur le fond multicolore de cailloux et de coraux pour y digérer leur festin. Et Valmain transpirait…

Justin Narpi raccrocha et s'affala dans un fauteuil.

– Le commissaire Émile Monnet n'a pas encore rendu sa visite à Eva Pavan. Depuis le meurtre de son patron, cette vieille fille malade n'a reçu personne et a refusé de donner des interviews au téléphone. Donc, de ce côté-là, tout fonctionne comme prévu. C'est pas comme pour le travelo. Tu avais pourtant bien pris le temps de vérifier qu'il était sans famille et sans ami… Mais la publication de sa filmographie dans *Libération* prouve l'inexactitude de ton rapport, Charles… Tu ne savais pas tout de lui. Heureusement qu'Anthony s'est déjà occupé du petit connard qui a rédigé l'article… Nom de Dieu, notre plan était imparable ! Jusqu'à ce retard anormal pris par Habetz, il était même parfait… Merde… Dominique Lukya toujours vivant, ça ne me va pas du tout… Et si l'on retrouve aujourd'hui son cadavre, ce sera tout aussi emmerdant… Rappelle le gars du bateau.

Valmain prit le téléphone.

– Ils ne sont toujours pas là ? Non… Vous ne bougez pas… Vous les attendez…

Il raccrocha et regarda Justin Narpi avec des yeux de chien battu.

L'obèse enrageait. Son visage gras devenait cramoisi. Il avait besoin de parler encore et, au-delà du total mépris que lui inspirait son secrétaire, il s'adressa à lui :

– Des mois de préparation. Des mois... Tu te rends compte... Une mise en scène parfaite. Impeccable... Avec toutes les couvertures possibles. Du boulot d'expert... Et voilà que la mécanique se décale à cause d'un retard à la con.

– Je crains qu'ils aient eu un accident.

Justin Narpi jaillit de son siège, empoigna son interlocuteur par le revers du veston, le secoua et lui postillonna dans la figure.

– C'est ça... Fous-nous la poisse.

Valmain s'arma de courage et ajouta :

– Je vais quand même appeler quelqu'un de la préfecture pour avoir la liste des accidents entre Paris et Nice.

Il se dégagea de l'étreinte de son patron, le salua et sortit à vive allure.

Le gros homme le suivit des yeux, puis marcha dans son bureau, porta les mains à sa tête et trépigna comme un enfant capricieux.

La sonnerie du téléphone arrêta net sa crise.

Il décrocha le récepteur.

– C'est vous ? Non... Non... Tout va bien, monsieur... Je vous assure... Oui, c'est terminé... Exactement comme c'était prévu. Ils ont largué le colis... Bien monsieur.

Justin Narpi reposa l'appareil, essuya la sueur de son visage et souhaita que son mensonge ne fut qu'une simple anticipation de la réalité.

Sinon, les vrais problèmes risquaient de commencer...

11

La douleur à sa jambe réveilla Caïn. Il entendit le bruit de la mer, le souffle du vent et le cri des oiseaux. Ses yeux s'ouvrirent. Son regard rencontra le canon de l'arme que Domino braquait dans sa direction.

Une sensation de catastrophe le recroquevilla.

– Debout, on va s'éloigner d'ici, ordonna Dominique Lukya.

Le petit homme malingre obéit, avança en claudiquant et préféra conserver un silence prudent. Ses pieds s'enfonçaient dans le sable humide, glissaient sur la vase et se cognaient contre les galets visqueux. À ses côtés, bien que sans chaussures, le travesti évitait tous les obstacles et semblait ne pas souffrir en traversant des flaques d'eau froide.

La pluie tombait. Elle accompagnait l'étrange périple des deux hommes sur la plage isolée de tout et de tous. Les rayons d'un soleil terne perçaient parfois les bancs de nuages. Alors, une lumière pâle et brumeuse donnait au ciel les couleurs de l'apocalypse.

Au loin, sur l'horizon barré par les limites de la mer, de rares bateaux, rendus minuscules par la distance, voguaient vers d'autres rivages.

Après plus de trois heures d'errance en bordure des vagues, le travesti aperçut un petit bois qui gagnait à l'intérieur des terres. Il empoigna le bras de son prisonnier, le soutint pour gravir la pente qui conduisait dans cette direction et le suivit ensuite au travers des ronces, sans jamais lâcher le revolver.

Abruti de peur, Caïn Kahane trébuchait, tombait, se relevait et finissait par ne plus ressentir la moindre douleur à sa jambe.

Quand ils atteignirent un sentier sous les oliviers, à l'abri des possibles regards, Dominique Lukya donna une violente bourrade au blessé et lui plaqua le visage dans la boue.

– On s'arrête un moment pour que tu puisses tout m'expliquer.

Caïn ouvrit la bouche pour protester et mangea de la terre.

Domino lui releva la tête en menaçant :

– Si tu ne causes pas, jamais plus tu ne parleras à personne.

Le petit homme malingre remua les lèvres pour répondre au travesti et constata avec effroi qu'aucun son ne pouvait sortir de sa bouche. Surpris, il aspira une gorgée d'air, puis essaya de tout raconter à nouveau.

Un sifflement rauque répondit à son effort.

Le Camerounais l'observait en le tenant toujours en joue.

Caïn Kahane paniqua.

Ses mains firent signe qu'il voulait parler, mais qu'il n'y parvenait pas… La terreur se lisait sur sa figure bariolée de terre sale et humide. Sa bouche tenta vainement d'articuler quelque chose et rien n'en sortit. Il grimaçait, s'entêtait, s'affolait à l'écoute du râle qui lui raclait la gorge et se bloquait chaque fois avant de parvenir à quitter son palais.

Tout son corps rachitique frémissait à présent de convulsions. Les mots rebondissaient dans son cerveau en feu sans vouloir se transformer en paroles. Il réalisa l'infirmité qui le momifiait ainsi dans le silence.

Alors, conscient de ne rien pouvoir faire pour remédier à son état, il se roula en boule, posa les deux mains sur sa nuque et attendit la mort.

Domino baissa le revolver en poussant un soupir de dépit. Il venait de comprendre que toutes les émotions subies par son compagnon l'avaient frappé d'un involontaire mutisme…

12

Déjà, la nuit tombait… La ville entière enlisait ses lumières urbaines sous une pluie incessante qui brouillait le halo jaune des lampadaires. Le crépitement des gouttes sur le zinc des toits résonnait inlassablement de rue en rue et l'eau dessinait des lignes sinueuses sur la vitre des fenêtres.

Prostré dans sa chambre de l'hôtel Gaston Criel, le Poulpe fumait cigarette sur cigarette en fixant des yeux vides sur le ciel morne de cendres éteintes.

Sa journée le laissait insatisfait.

En sortant de chez Pedro, il s'était rendu au domicile d'Eva Pavan. Son intuition lui avait soufflé de ne pas y pénétrer avant d'en avoir inspecté les abords. Sa prudence était légitime. Rue des Mathurins, l'appartement de la secrétaire de Maître Balmard bénéficiait d'une surveillance attentive. Gabriel avait repéré sans peine les individus qui se partageaient la besogne. Il avait compris qu'ils n'appartenaient pas à la police…

L'impossibilité de pouvoir prendre contact avec Eva Pavan l'avait agacé.

Déçu, il était descendu dans le métro et avait regagné directement la rue Béranger.

Assis devant la fenêtre, le Poulpe avait passé plusieurs heures en analysant le contexte qui entourait l'affaire et s'était remémoré tous les événements liés à l'arrestation du groupe de l'Action Anarchiste Armée.

Au début du printemps dernier, plusieurs hauts fonctionnaires attachés au ministère de l'Intérieur avaient été les victimes d'attentats à la voiture piégée. Aucun d'eux n'était mort dans les explosions. Pas même blessé... Chaque fois, les bombes sautaient en pleine nuit... Comme par simple avertissement... Jusqu'à ce matin du mois de mai où deux policiers subalternes trouvèrent la mort à bord d'un véhicule de fonction. Le malheur voulut que des passants soient aussi tués par la déflagration.

Bien qu'il n'y ait eu aucune revendication de cet acte, les hommes chargés de l'enquête arrêtèrent trois jeunes gens qui appartenaient à une organisation tout à fait inconnue : l'Action Anarchiste Armée.

La fille et les deux garçons interpellés nièrent les faits. Mais on découvrit des armes et une bombe chez eux. Les experts déterminèrent que la bombe était de même nature que celles utilisées au cours des attentats précédents. Les trois suspects furent immédiatement inculpés pour détention illégale d'armes, organisation de groupe de subversion active, homicides volontaires sur la personne de fonctionnaires de police et atteinte à la sûreté de l'État.

L'émotion populaire fut vive. Le pays se leva contre les jeunes accusés. Des manifestations de soutien à la police pourrirent la démocratie.

Lors d'une assemblée extraordinaire, la majorité des députés s'enflamma pour condamner les terroristes avant même leur mise en jugement. Le centre et la droite traditionnelle rejoignirent leurs franges les plus extrémistes en exigeant le rétablissement de la peine de mort. Le chef du gouvernement fit voter une loi d'exception qui autorisait la police à recourir à des procédures exceptionnelles afin de pouvoir enrayer le danger de nouveaux attentats. Prolongement sans aucune limite des gardes à vue... Arrestation effective sur simple présomption de culpabilité... Appel à la délation publique d'éventuels suspects contre de fortes récompenses... Expulsion immédiate et en procédure d'urgence de résidents étrangers au passé de révolutionnaire dans leur pays d'origine... Légalisation des écoutes téléphoniques... Censure draconienne de tous les journaux satiriques... Interdiction momentanée des émissions de télévision basant leur humour corrosif sur la caricature des hommes politiques.

La presse de tous bords ne put protester que timidement contre l'adoption de ces mesures. Car la mort de passants innocents traumatisait le pays. D'ailleurs, unanimement, les spécialistes du droit considéraient que cette part de la tragédie allait peser très lourd dans la balance de la justice.

Maître Philippe Balmard fut le seul à bien vouloir prendre la défense des membres de ce groupe de jeunes libertaires. Coupés depuis longtemps de leur famille, ces trois individus vivaient en communauté dans une usine désaffectée de la banlieue nord, ne semblaient rien comprendre à ce qu'on leur reprochait et se montraient passablement abrutis par l'usage excessif de drogues dures.

Après avoir pris connaissance de leur dossier, l'Avocat Rouge s'était refusé à toute déclaration avant les débuts du procès. Dans deux ou trois ans...

Gabriel Lecouvreur s'était d'abord demandé s'il était intéressant d'entrer en contact avec les familles des prévenus. L'utilité de la démarche lui sembla peu fertile pour lui apporter des informations importantes. À l'époque des faits, les parents des prévenus n'avaient montré que du rejet pour leurs enfants.

Ce n'était pas tout. Selon les meilleurs observateurs, il ne faisait aucun doute que Maître Philippe Balmard allait perdre cette cause. L'évidence des preuves réunies contre les accusés faisait le jeu de l'accusation. Sans oublier que l'opinion publique tout entière souhaitait que les tueurs de l'A.A.A. subissent un châtiment exemplaire.

À ce point de sa réflexion, rien ne permettait donc au Poulpe d'imaginer que l'on avait commandité l'assassinat de l'avocat par crainte qu'il puisse innocenter les trois présumés terroristes. À moins qu'il ait possédé un élément inattendu, susceptible de tout remettre en question...

Mais, si cela était, depuis son assassinat, Eva Pavan l'aurait dit à la presse.

Le regard perdu dans l'opacité de la nuit pluvieuse, Gabriel songea que tout corroborait la thèse du meurtre crapuleux commis par le travesti.

Il commençait à douter de ses intuitions du matin et se demandait s'il ne s'égarait pas en croyant Dominique Lukya innocent de ce crime.

En y repensant, le témoignage de Michel Tours le convainquit de moins en moins. L'adoration totale que le barbu éprouvait envers le beau travesti devait dicter son opinion. L'homme ressentait de l'amour pour Domino...

Et l'amour rend aveugle...

Le Poulpe se souvint alors d'un passage du roman de Joachim Dachmann. Dans *Du Côté de l'Enfer*, le romancier avait écrit : *« La passion rend lucide. Au point que l'on ment très souvent pour protéger celui qu'on aime quand il a tort. C'est une manière de lui donner encore un peu plus de son amour et un moyen de le contraindre à vous devoir finalement quelque chose. »*

Gabriel eut pourtant envie de revoir l'historien de la pornographie et il demanda au standardiste de l'hôtel de l'appeler au téléphone...

Après une minute d'attente, on lui signifia que personne ne répondait à l'autre bout du fil.

Il raccrocha, poussa un soupir, ouvrit la fenêtre pour évacuer les fumées du tabac qui embrumaient la pièce, respira profondément l'air frais de la nuit et comprit qu'il ne pouvait pas rester cloisonné ainsi dans sa chambre.

Après avoir choisi une casquette en cuir, il enfila son imperméable et sortit en vitesse.

Au coin de la rue Dupuis et de la rue Béranger, un taxi déposait un couple devant un immeuble.

Le Poulpe se précipita et grimpa dans la voiture.

– Rue des Mathurins.

Les façades des maisons défilèrent. Le chauffeur ne parlait pas. Des appels radio hachaient le silence de leur grésillement. La pluie tombait toujours.

Autour de la maison d'Eva Pavan, les sentinelles anonymes veillaient encore. Elles jetèrent un regard appuyé en direction du taxi qui ralentissait, échangèrent des signes discrets entre elles et parurent soulagées de voir le véhicule continuer son chemin.

Gabriel avait juste dit au chauffeur :

– Finalement, j'ai changé d'avis. Allons à Pigalle.

Le conducteur hocha la tête en silence et emprunta la direction qui menait au square de la Trinité.

– Suis ton intuition, pensa Gabriel... C'est d'ailleurs tout ce que tu peux suivre... Ton intuition.

13

Boulevard de Clichy, le 813 n'ouvrait ses portes qu'à vingt et une heures. C'était un bar différent de la plupart des établissements de Pigalle. Des tables aux nappes blanches dans un décor à l'éclairage raffiné. Une piste de danse pouvant servir aussi de scène. Six musiciens en smoking. Un personnel bien stylé. Pas d'entraîneuses...

Les couples aimaient y venir dîner, boire le champagne et profiter d'un spectacle fait de numéros d'illusionnistes, de dresseurs de chiens savants, d'un conteur d'histoires drôles sans vulgarité, d'une chanteuse réaliste à la manière des années cinquante, et dont le répertoire servait des textes de Jacques Prévert à Francis Carco, et de deux numéros de strip-tease très soft.

Cette affiche à l'ancienne tranchait avec les exhibitions érotiques ordinaires aux cabarets de l'arrondissement. Le bar 813 avait de la classe et il rapportait beaucoup d'argent à son propriétaire. Raphaël Cornavon savait aussi que cette caractéristique lui valait une couverture bien meilleure que tous les alibis. Il ne s'exposait d'ailleurs plus dans les hold-up de banque, les évasions de prison et la traite des blanches. Comme ses associés, il préférait maintenant le délit d'initié à la bourse au vol à main armée. Cependant, le jeu restait sa seule activité en dehors de la légalité. Par passion personnelle autant que pour le profit…

Il avait aménagé une double porte ingénieuse dans le couloir qui menait aux toilettes du 813, mais tout le monde ne pouvait pas pénétrer dans l'arrière-salle. Chacun des flambeurs était trié sur le volet. En cas de perte aux tables de poker, la maison faisait parfois crédit aux joueurs, mais Raphaël Cornavon avait l'art et la manière de se faire toujours rembourser.

En attendant l'heure de l'ouverture, il vérifiait l'ordonnancement du lieu, interrogeait le sommelier sur les grands crus prévus pour la soirée, composait le menu avec le chef cuisinier et prenait connaissance des réservations.

À sa gauche, Sébastien arborait un pansement au milieu de son visage. Ses cheveux blonds était soigneusement coiffés, mais le plâtre collé sur son nez cassé lui donnait une allure par trop inquiétante.

Cornavon le prit par le bras et lui murmura à l'oreille :

– Que l'on t'ait brisé l'os de l'arête du nez, je m'en fous complètement. Mais que tu te montres dans la salle avec cette trogne de vieux boxeur sonné, ça ne me plaît pas du tout. Alors, ce soir, Sébastien, tu vas rester en cuisine et tu n'en bougeras que si je trouve une bonne raison à ce que tu le fasses.

Le colosse baissa la tête et s'esquiva en traînant les pieds.

Frank, le grand chauve nerveux, regarda son acolyte s'éloigner et s'approcha de son patron.

– D'où vous le connaissez, ce type qui était chez Michel Tours ?

Raphaël redressa le nœud papillon de son interlocuteur.

– On se connaît juste un peu.

L'homme à la face de lune n'eut pas le loisir d'insister. Le portier du 813 entrait, faisait un signe discret à Cornavon et attendait que ce dernier le rejoigne pour dire à voix basse :

– Il y a trois hommes qui vous demandent à l'entrée.

– Des flics ?

– Non, le contraire…

– Tu les as déjà vus ?

– Jamais…

– J'y vais…

Il releva le rideau gris qui masquait le hall, alluma une cigarette et avança vers le trio qui l'attendait devant le vestiaire.

La surprise lui fit perdre son assurance.

L'un de ses trois visiteurs n'était autre que Justin Narpi.

Raphaël Cornavon sentit les ennuis venir à sa

rencontre. Il s'immobilisa pour observer une certaine distance entre lui et et les nouveaux venus.

L'obèse le rassura :

– Calme-toi, Raphaël. Tout va bien... J'ai seulement besoin d'un petit renseignement. On prend un verre dans ton bureau ?

Cornavon soupira :

– Mon bureau est beaucoup trop petit pour nous quatre. Et je ne pense pas que tu m'y accompagnerais seul...

– On ne peut rien te cacher. Mais, j'espère bien que toi, tu ne vas rien me cacher à ton tour...

Il attendit un petit moment avant de continuer son discours.

– C'est un peu délicat. Une visite amicale, comme celle de maintenant, ça peut devenir beaucoup moins gentil... Mais enfin, n'anticipons pas. D'abord, avec tout ce que je sais sur toi, il ne me paraît pas possible que tu puisses me refuser ta collaboration.

– J'en sais tout autant sur toi, Justin. Seulement, il est vrai que, moi, je ne bénéficie pas de tes hautes protections politiques.

– Alors, on se comprend, Raphaël. Donc, on va s'entendre...

– Pour l'instant, je t'écoute...

– Combien te doit Michel Tours ?

– Qui ?

Narpi ricana :

– Fais pas l'idiot, tu es trop vieux et trop intelligent pour ça.

Puis, il se tourna vers le grand homme élégant qui se tenait à sa droite.

– Anthony, explique tout à monsieur Cornavon.

Le dandy afficha son sourire mielleux et parla lentement :

– Michel Tours vous doit de l'argent. Deux encaisseurs, nommés Sébastien et Frank, sont venus le lui réclamer ce matin. Il ne leur a rien donné parce qu'un de vos amis communs s'est porté garant pour lui. Alors, monsieur Narpi voudrait connaître le nom de ce généreux personnage.

– C'est pour une connerie pareille que vous me dérangez, ricana Cornavon.

– Son nom ! aboya Justin. Ou la police des jeux fait sauter ta boîte.

Le patron du 813 se moqua des soudaines menaces de l'obèse. Lui aussi, il avait des appuis politiques... Mais, sachant que Narpi se déplaçait rarement en personne pour obtenir ce genre de renseignement, il craignit le pire pour le Poulpe et resta prudent :

– Tu veux vraiment savoir qui s'est porté garant pour le barbu ?

– Le barbu, répéta Justin avec surprise.

– Michel Tours était barbu, lui précisa Anthony.

«Était»... Cette manière de parler du joueur inquiéta d'avantage Cornavon. Il n'en laissa rien paraître et leva les yeux au ciel.

– C'est une petite dette... Trente mille francs... Un autre joueur s'est pris d'amitié pour Michel Tours et il s'est porté garant pour lui... À mon avis, ils sont pédés tous les deux...

Narpi s'excita :

– J'en ai rien à cirer qu'ils se tripotent dans les coins. C'est son nom que je veux… Fais pas le mariole avec moi, Raphaël.

Le patron du 813 eut une inspiration.

– Pascal François. Un petit truand…

Anthony plissa les yeux, tandis que Justin exigeait :

– On le trouve où ?

– Hôtel de Gand, rue de Bruxelles.

L'obèse se tourna vers Charles Valmain.

– Prends la voiture et va voir… On attend dans la grande salle… monsieur Cornavon nous offre le champagne.

Raphaël écarta le pan du rideau et laissa entrer les deux hommes. Il était sans inquiétude. En début de soirée, un membre de son réseau d'informateurs lui avait communiqué la manière dont l'arrestation de Pascal François, cet après-midi à l'hôtel de Bruxelles, s'était soldée par une défenestration volontaire et mortelle du joueur, dans sa maladroite tentative d'échapper à la police.

14

Le Poulpe remonta la rue Houdon, leva les yeux en direction des fenêtres de Michel Tours et constata que son appartement était éclairé. Il accélérait le pas quand un car de police secours le doubla, s'arrêta devant l'immeuble du barbu et fut vite rejoint par une ambulance. Malgré la pluie, d'innombrables badauds s'agglutinèrent aussitôt en bordure de la porte cochère.

Gabriel s'infiltra parmi eux et tendit l'oreille.

Une petite femme au corps sec racontait le drame à qui voulait l'entendre :

– Le facteur avait déposé à ma loge un colis pour lui. Comme il ne descendait pas, je lui ai d'abord téléphoné pour qu'il vienne le prendre. Mais rien du tout... Il ne décrochait pas... Ce soir, je suis sortie chercher des piles pour mon transistor et, avant d'aller au tabac de la rue Lepic, j'ai regardé ses fenêtres, à monsieur Tours. Il y avait de la lumière! Alors, je me suis inquiétée. J'ai pris le paquet, le double de sa clé, au cas où il y aurait eu un problème, et je suis montée chez lui... Pour un problème, il y en avait un! ... Une overdose, comme ils disent à la télévision... Si c'est pas malheureux...

La police n'empêchait pas les gens de pénétrer à l'intérieur de l'immeuble. Le Poulpe se glissa donc dans le couloir, contourna les curieux et gravit les escaliers... La plupart des locataires stationnait sur leur palier en commentant l'événement.

Gabriel parvint devant la porte de Michel Tours. Le policier en faction lui demanda :

– Vous voulez quoi ?

– J'habite la maison...

Et il jeta un coup d'œil dans l'appartement du mort, remarqua l'absence des cassettes de films où jouait Dominique Lukya et perçut le désordre qui régnait parmi les dossiers.

La voix d'un des inspecteurs lui parvint du fond de la pièce principale :

– Je n'ai pas trouvé d'autres traces de piqûre au bras, sous la langue ou aux jambes. Il n'avait pas l'habitude de se shooter... À mon avis, ce con a voulu tenter un début dans la drogue dure. Pour sa première dose, il n'a pas eu de chance... Mais c'est souvent comme ça... Manque d'expérience... Mauvais mélange.. Et clac... Overdose... Adieu la vie, les petits oiseaux et le paradis artificiel... Les cons !

Le Poulpe estima en avoir appris suffisamment. Il redescendit les marches, sortit dans la rue et alla vers la place des Abbesses.

Une main lui empoigna son long bras.

– Tu faisais quoi dans cette maison ?

Gabriel pivota sur ses talons et reconnut le possesseur de cette voix inamicale. Albert Vergeat. La peste des Renseignements Généraux. Le plus antipathique des fonctionnaires de la police française. Celui qui se retrouvait chaque fois sur sa route et rêvait de le coincer, avant que l'âge de la retraite lui ôte le plaisir de procéder à son arrestation.

Il puait le vin. Son haleine indisposa le Poulpe. Les gros doigts osseux cherchaient à pénétrer la chair de son bras pour lui laisser une marque tenace.

Gabriel se dégagea en disant :

– J'ai vu tes collègues s'affoler devant une maison. En bon curieux que je suis, je les ai tout simplement suivis. Disons, par goût du fait divers et du sordide. Je suis comme toi, Albert, j'adore respirer l'odeur des poubelles de cette société pourrie. Tu travailles dans le quartier, maintenant ? Tu fiches les clients des putes ? Toujours du côté de la loi, alors ? Pas encore indicateur ?

Vergeat conserva son sang-froid et précisa :

– Et toi, qu'est-ce que tu fiches loin de la République ? Encore envie de changer d'hôtel ou simplement de te rincer l'œil dans les peep-shows ?

– Tu me lâches pas, hein ?

– Jamais je ne te perds trop longtemps de vue, Lecouvreur… Au cas où tes idées d'enquêtes parallèles te reprendraient… Je sais même que tu crèches en ce moment à l'hôtel Gaston Criel dans la rue Béranger…

Gabriel lui fit un sourire de crétin.

– Oui… En hommage au grand auteur de l'immortel *La Grande Foutaise*, monsieur Vergeat.

Il ponctua sa phrase d'un salut grotesque et redescendit vers les néons du boulevard Rochechouart, en sentant les yeux du flic des Renseignements Généraux braqués sur son dos…

Place Pigalle, le rétroviseur d'une voiture à l'arrêt lui permit de vérifier que le flic ne le suivait pas.

Il entra dans un sex-shop.

Des jaquettes non censurées de films vidéo pornographiques tapissaient les murs de la grande boutique consacrée au hard. Sur de larges tables, des magazines offraient toutes les nuances de la perversité aux amateurs… Exposés à la caisse, toutes sortes de produits aphrodisiaques côtoyaient des revues échangistes.

Le Poulpe se promena lentement entre les divers rayons, s'arrêta devant le panneau qui indiquait la section des films X homosexuels et se mit à y chercher les cassettes où pouvait apparaître Dominique Lukya.

Mais le stock était surtout constitué de bandes très récentes et aucun des participants noirs ne ressemblait à Domino.

Un vendeur s'approcha pour lui offrir ses compétences.

– Je peux vous guider dans vos choix ?

Gabriel prit un ton empreint de préciosité, battit des cils, balança sur ses jambes interminables et soupira :

– C’est que je ne trouve pas ce que je cherche…

L’homme du sex-shop baissa la voix :

– Scatologie ? Jeunes gens ? Domination ? Travestis ?

Le Poulpe feignit d’avaler sa salive.

– Des hommes noirs…

Son interlocuteur lui adressa un sourire de connivence.

– Vous avez regardé la rangée qui est là ?

– Oui, mais ce n’est pas ça que je veux. Vous n’auriez pas des films un peu plus anciens. De la fin ou du début des années quatre-vingts…

Le vendeur grimaça :

– Des pièces de collection ?

Gabriel opina du chef.

– Justement. Je collectionne les trucs de cette époque.

– Moi, je n’en ai pas…

– Vous savez où je peux en trouver ?

– Oui… place Blanche. Un peu plus bas. Avant le Monoprix. Il y a un endroit qui s’est spécialisé pour des gens comme vous.

– Merci. Vous êtes vraiment très gentil…

Lecouvreur adressa un regard vaguement prometteur à son interlocuteur, se dandina vers la sortie et quitta le sex-shop.

La pluie venait de cesser.

Le magasin qu’on lui avait indiqué ne se trouvait qu’à trois cents mètres.

Il en poussa la porte et fut surpris de trouver une jolie Asiatique assise derrière le comptoir.

Elle lui sourit en demandant :

– Vous désirez ?

Le Poulpe jugea inutile de jouer la comédie de l'efféminé honteux. Regardant la fille droit dans les yeux, il déclara :

– Je cherche des films homosexuels. Avec des Noirs… Du début des années quatre-vingts…

Sans sourciller, la femme soutint son regard.

– Des titres ? … Des noms d'acteurs ? …

Il chercha dans sa mémoire le contenu de la liste publiée par Michel Tours.

– Vous avez *Un Noir éblouissant* ?

– Comme le roman de Charles Trénet ?

La remarque surprit Gabriel et il bafouilla :

– Peut-être.

Elle consulta son ordinateur, hocha la tête et répondit :

– On m'a pris le dernier aujourd'hui…

Il proposa :

– Et *Partouze africaine* ?

– Pareil. Vendu les trois que j'avais en stock…

– *Corps d'ébène* ?

– Même chose… Vous lisez les journaux, monsieur ?

Gabriel fronça les sourcils sans répondre. Elle continua :

– Depuis le meurtre de Maître Philippe Balmard, j'ai vendu toutes les cassettes où figurait Dominique Lukya. Et à la même personne… Un type qui ne semblait pas vraiment concerné par ce genre de films. Un peu, comme vous…

Le Poulpe précisa :

– Je collectionne ces produits.

La femme ne le crut visiblement pas. Il sortit son paquet de cigarettes et lui en tendit une. Elle l'accepta.

Tout en lui offrant du feu, il demanda :

– Comment était le type qui vous a pris le stock ?

– Vous n'avez pas l'air d'un flic. Lui non plus, d'ailleurs. Et Dominique Lukya est recherché pour meurtre… Si vous combliez ma curiosité féminine, je pourrais peut-être répondre à vos questions.

– L'éditeur de ces cassettes, c'est qui ?

Elle souffla un nuage de tabac.

– Il a fait faillite depuis belle lurette. J'ai racheté son stock à un soldeur. À moins de passer une annonce dans une revue spécialisée, vous ne trouverez ces films nulle part…

Le Poulpe cacha mal sa déception. La femme lui tendit la perche.

– Vous êtes un ami de Domino ?

Il sursauta :

– Pourquoi ?

– Une intuition… Je crois beaucoup aux intuitions. Quelqu'un a écrit : *«Les intuitions attirent uniquement des ennuis quand elles se vérifient et satisfont la forme d'espoir qu'elles avaient engendrée. L'appréhension de la frustration se mue alors en...*

– *...obligation d'aller au bout de son instinct»*, acheva Gabriel.

La jeune femme apprécia :

– Vous avez aussi lu *Du Côté de l'Enfer…* Bravo… Joachim Dachmann n'a pas tellement de lecteurs… Alors, votre intuition à vous, elle suggère de me faire un peu confiance ?

Le Poulpe la vit se lever, pousser le verrou du magasin et ouvrir la porte d'une arrière-salle où se trouvait un téléviseur pourvu d'un magnétoscope.

– Venez ici, dit-elle.

Il lui obéit. La femme introduisit une cassette vidéo dans la bouche du lecteur, éteignit les lumières et annonça :

– C'est un film que Michel Tours a oublié de citer dans sa filmographie.

Domino apparut sur l'écran. Il était vêtu d'un caleçon de bain et marchait sur une plage. D'un mouvement gracieux, il s'allongea sur le sable et ferma les yeux. Une main de femme surgit, se posa sur son vêtement et le fit glisser. Puis la bouche de la caressante se referma sur la verge du Camerounais.

Gabriel respira plus fort en reconnaissant dans la fellatrice celle qui se tenait près de lui.

Elle s'empalait à présent sur Dominique Lukya.

Le Poulpe murmura :

– C'est vous…

Elle ne répondit pas.

Le court film s'acheva.

L'écran, devenu vide d'images, éclairait à peine le magasin.

La femme eut un petit rire en disant :

– Vous n'avez rien d'un homosexuel. Vos yeux ne regardaient que moi.

Elle lui posa une main sur le bras et caressa le tissu de l'imperméable :

– Pourquoi vous intéressez-vous à Domino ? chuchota-t-elle.

Il se sentait troublé, excité par cette créature sensuelle et partagé entre la confiance et la crainte de s'exposer inutilement.

Elle expliqua :

– Ce n'est pas un film destiné au commerce. L'auteur de l'article paru dans *Libération* l'a tourné sur ma demande. Il y a une quinzaine d'années…

– Michel Tours ?

– C'est ça… Et c'est la seule copie…

– Vous êtes un étrange personnage.

– Je l'étais dans le temps… Maintenant, je tiens mon magasin et je ne me fais plus filmer pendant l'amour. Qui êtes vous ?

– Un type qui pense que Domino n'est pas l'assassin de Philippe Balmard…

Elle ralluma le magasin et soupira de satisfaction :

– Je suis contente d'entendre ça. Moi, je n'ai jamais revu Dominique, mais j'ai le même sentiment que vous… Par contre, le client de cet aprèsmidi ne semblait pas avoir la même préoccupation. Je connais bien les hommes. Ce dandy avait tout d'un tueur… Domino est dans de sales draps.

– Et Michel Tours a succombé à la suite d'une overdose des plus suspectes.

Elle encaissa la nouvelle.

– Michel fumait des joints et buvait beaucoup. Mais je suis certaine qu'il ne touchait pas aux drogues dures.

– J'en étais sûr…

– C'était aussi le seul ami de Domino. Apparemment, quelqu'un veut faire le vide ? Pourquoi ?

– Vous avez une idée ?

– Non. Vraiment, je ne vois pas… C'est une histoire trop incohérente. Lui, Domino, poignarder un de ses clients ? Impossible.

Gabriel rusa :

– Il avait de la famille, Lukya?

– Pas que je sache.

– Et dans ses films, on trouvait des choses qui pourraient ouvrir une piste ?

– La plupart de ses partenaires sont morts du sida. Les réalisateurs ont changé d'activités. En fait, au temps du porno, c'était Michel Tours qui s'occupait de tout pour Lukya. En dehors des tournages, ni l'un ni l'autre ne fréquentaient ce milieu… Je suis désolée de ne pas pouvoir vous aider, mais cela me plairait que vous réussissiez à prouver l'innocence de Domino.

Il la prit tendrement par les épaules et promit :

– Je vais le prouver.

Leurs regards témoignaient d'un trouble réciproque. Elle se colla contre lui.

Le désir montait en eux.

– J'ai envie, admit la jeune femme.

– Moi aussi.

– Alors ?

Il l'écarta avec une infinie douceur, tira le verrou et s'excusa avec muflerie :

– Je ne suis pas certain d'y prendre autant d'excitation que lorsque je vous ai vue faire l'amour dans le film.

Elle sourit, ouvrit la porte du magasin et conclut :

– C'est honnête.

Gabriel retrouva la rue et ses trottoirs luisant de pluie.

15

Caïn grelottait de froid. La fièvre le gagnait. L'angoisse avivait sa fatigue... Plusieurs fois encore, il avait essayé de parler. Son visage grimaçait atrocement pendant ses tentatives d'articulation buccales pour expulser le son de sa bouche. Mais toute son énergie n'aboutissait qu'à produire un mince râle sifflant. Le petit homme malingre s'étouffait sous l'effort. Hébété par son infirmité, il n'osait plus regarder en direction de Dominique Lukya.

Tout lui parvenait maintenant au travers d'un filtre étrange qui grossissait les bruits venus des ténèbres. Le vent qui miaulait dans les arbres, l'écho du ressac lointain de la mer, le moindre craquement de mousse lui semblaient si lugubres que des pulsions de folie l'égarèrent. La certitude de sa mort imminente se précisait chaque seconde davantage dans les méandres de son cerveau en feu.

Désemparé au cœur de la nuit, il ne retenait plus l'ancre brisée de sa raison vacillante et se mordait les lèvres jusqu'au sang avec une obstination fébrile.

À quelques mètres de lui, Domino luttait contre le sommeil. L'arme d'Abel Habetz pesait trop lourd dans sa main aux attaches fines. Son vêtement trempé lui souillait la peau. Ses pieds nus devenaient de glace. Les ultimes traces de son maquillage lui produisaient d'insupportables accès de démangeaison sur le visage. Les effets de la faim et de la soif commençaient à l'étourdir. La nicotine manquait à son organisme. Sa vue se brouillait.

Il abandonna toute résistance pour s'absenter de l'éveil.

Caïn ne réalisa pas tout de suite que le travesti dormait. Une bonne heure passa, remplie d'images cauchemardesques, de rugissements d'animaux sauvages, de galops de chevaux vainqueurs aux courses et de fulgurances colorées qui le ballottèrent dans son vertige ahurissant. Il se souvint d'avoir gagné avec Abel. À Auteuil... Quelques jours auparavant. Ou quelques siècles... Il ne savait plus...

Sa fièvre lui donnait trop chaud. Il se déshabilla.

La lueur fragile de la lune perça les nuages et révéla le spectacle de Domino, cambré contre le tronc d'arbre, ses beaux seins volumineux moulés par la laine trempée du chandail. Kahane les admira.

Le travesti l'attirait. Son corps frémit sous la montée d'un violent désir. Il étendit la main vers cette poitrine offerte, hésita quelques secondes, descendit le bras en direction de l'arme et voulut s'en saisir.

Le hululement éloigné d'une sirène de bateau arrêta son geste.

Caïn recula.

La terre humide était fraîche à ses pieds chargés de fièvre. Il se sentait presque bien. Dégagé des soucis et de la peur... Libre enfin d'agir comme bon lui semblait... De changer de vie... Ou de la perdre...

Un rire muet agita sa tête en sueur.

Une grande impression de bonheur l'enivra.

Guidé par l'écho des vagues, il se dirigea lentement vers la plage, avança sur le sable encombré de détritus et de varech, pénétra dans l'eau et s'éloigna vers l'horizon obscur de la Méditerranée.

L'onde glacée l'apaisa totalement.

Il se mit à flotter au gré du rythme de la marée, nagea droit devant lui, se laissa recouvrir par les vagues et tressaillit de joie quand ses membres ne lui répondirent plus.

Caïn Kahane se noya en goûtant une frivolité qui avait toujours manqué à son existence.

16

Le champagne dosait la patience de Justin Narpi. Il le dégustait en parlant du passé.

– Ce quartier me rappelle des souvenirs communs, Raphaël. C'était une autre époque. On se serait cru dans un film. Il m'arrive d'en éprouver de la nostalgie. Tu te partageais le secteur des cabarets avec moi. On s'entendait bien.

– C'est vrai, reconnut Cornavon.

– Jamais de guerre entre nous.

– Je n'ai jamais aimé les guerres, Justin. Quand tu t'es retiré pour d'autres affaires, j'ai vendu presque tout aux gars qui venaient implanter les sex-shops et les peep-shows. Sans faire le malin… J'étais assez riche pour ça.

– Mais tu as conservé le 813 et tes vilaines habitudes de joueur…

– Une manière de ne pas me voir vieillir.

– Moi, je suis devenu très puissant. Incontournable. Loin de Pigalle, des putains, de la drogue, des fast-foods, des pizzerias et des cinémas porno… Un mot de ma part en haut lieu suffirait à te démolir à jamais… Tu le sais ?

– Qui ne le sait pas ?

– Personne. Dans ce pays de lâches, c'est moi le pouvoir.

Charles Valmain écarta les rideaux, approcha de son patron et lui murmura dans l'oreille :

– Pascal François s'est suicidé pendant l'après-midi. Et les flics sont chez Michel Tours.

Justin Narpi grogna :

– Ton type est mort, Raphaël. Tu ne le savais pas ?

– Qui ? Pascal François ? Je n'étais pas du tout au courant. Généralement, j'apprends ce genre de nouvelles en recevant les joueurs. D'ailleurs, il va falloir que j'ouvre la boîte…

Valmain restait penché sur l'épaule du gros homme pour chuchoter :

– J'ai reçu un appel téléphonique dans la voiture. On a retrouvé la Mercedes brûlée sur une route secondaire du côté de Cannes. Abel Habetz est mort. Projeté au travers du pare-brise. Mais aucune trace de Kahane et Lukya.

L'obèse se leva d'un bond et gifla son secrétaire.

– Je t'avais dit que tu nous porterais malheur, murmura-t-il entre ses dents. La bagnole accidentée. Le travesti dans la nature…

Il se tut aussitôt et jeta un œil en direction de Cornavon.

Raphaël ne semblait pas l'avoir entendu.

Il fit signe à Anthony de le suivre. Les trois hommes se dirigèrent vers la sortie du cabaret au moment où le Poulpe y entrait.

L'encaisseur chauve le reconnut et souffla dans l'oreille de Raphaël :

– C'est lui qui…

D'une pression discrète de la cuisse, Cornavon le fit taire.

Gabriel s'excusa :

– J'espère que je ne dérange pas ?

– Si le chasseur vous a laissé entrer, c'est que nous sommes ouverts, répondit Raphaël avec un vague dédain.

Gabriel sourit.

– Je suis le premier ou ces messieurs attendaient un partenaire au poker ?

Justin le bouscula et sortit, aussitôt suivi par ses deux compagnons.

Lorsque la porte du bar fut refermée sur eux, Cornavon se tourna vers le chauve, et lui désigna le Poulpe :

– Lui, tu ne l'as jamais vu. Compris ?

Le colosse haussa les épaules.

– Non, je ne comprends pas. Mais, j'obéis.

Les artistes et les musiciens arrivaient. Raphaël prit le bras de Gabriel.

– Suivez-moi dans mon bureau.

Ils longèrent les cuisines et le blond au nez cassé en surgit.

– Mon salaud, je vais te tuer, lança-t-il à l'adresse de Gabriel.

Cornavon s'interposa :

– Sébastien, tu n'as jamais vu cet homme. Il ne t'a jamais rien fait. Tâche de ne pas oublier ce que je viens te dire. Sinon, ta pauvre mémoire d'abruti ne te servira plus à rien. C'est clair ?

– Mais il m'a pété la bouille…

– Et tu as de la chance. Il pouvait te faire

remonter les roupettes derrière les oreilles et te raccourcir d'un mètre.

Sébastien eut l'œil mauvais, retourna près des fourneaux, saisit une petite casserole de cuivre et se défoula en la tordant aisément.

Le Poulpe se désintéressa de la scène pour pénétrer dans le bureau privé de Raphaël Cornavon. La pièce était envahie de vieilles machines à sous, de portraits de boxeurs, de photographies de jockeys, de chevaux de course statufiés, d'un immense billard en bois d'acajou et d'un baby-foot.

– À chacun son fétichisme, commenta le patron du 813 en désignant la panoplie autour de laquelle ils se déplacèrent pour atteindre les fauteuils.

Gabriel s'installa.

– Vous fréquentez encore Justin Narpi ?

L'autre rigola :

– C'est la meilleure. Il est venu me voir à cause de vous.

– Moi ? Qu'est-ce que veut de moi un homme d'affaires lié aux différents pouvoirs de la cinquième République ?

– Vous enquêtez sur quoi ?

Gabriel resta silencieux.

Raphaël s'énerva :

– Pas avec moi, Lecouvreur. Vous venez de passer à un cheveu de la mort.

– Vous déconnez ? ... Narpi ?

– Il était ici à cause de votre visite matinale chez Michel Tours. Son dandy, qui s'appelle Anthony, semble chargé de vous serrer... Et Michel Tours est mort.

– Je sais. La police vient de trouver son corps.

Foudroyé par une overdose qu'il ne me semble pas s'être faite lui-même...

– Écoutez bien... Je me suis arrangé pour laisser croire à Justin Narpi que le visiteur du barbu, c'était un petit truand à la gomme. Pascal François. Il s'est tué dans l'après-midi. En se jetant par la fenêtre pour échapper aux flics. Tout le quartier parle de ça... Maintenant, vous allez me mettre au parfum. J'aime savoir pourquoi j'aide les gens.

Le Poulpe raconta tout, à l'exception de l'existence de la sœur de Lukya et sa visite des sex-shops.

Cornavon l'écouta et alluma un cigare.

– J'ai entendu Justin râler parce que le travesti était dans la nature, et pas dans une Mercedes cramée quelque part sur la Côte d'Azur.

Gabriel bondit :

– Alors Narpi est dans le coup. Et Domino n'a pas tué l'avocat.

– Minute, rien ne vous dit que le travelo ne travaillait pas pour Justin et que ce salaud veut l'éliminer pour éviter d'être un jour mouillé dans le meurtre.

– Je ne sens pas les choses comme ça. Faut vérifier.

– Comment ?

– En entrant en contact avec Lukya.

– Vous délirez. Toutes les polices de France le recherchent. Les hommes de Justin Narpi le traquent. Il est grillé. Carbonisé comme une châtaigne tombée dans le cratère d'un volcan... Sans un contact que vous m'auriez caché, ce Domino est le type le moins joignable de la planète.

Le Poulpe leva un bras immense au ciel et prédit :

– Et la chance ? Vous, un joueur, vous ne comptez pas sur la chance ?

17

La musique de Verdi soulignait les allées et venues des mannequins sur le podium installé sous le Carreau du Temple. Une foule d'invités prestigieux applaudissait les modèles. L'événement était exceptionnel.

Un triomphe.

L'organisateur du spectacle se félicitait du succès de son entreprise. Il vivait un moment de grâce. Le sacrement de sa réussite. Sa collection était assurée d'obtenir une couverture médiatique internationale.

Au cours de ses apparitions sur la scène, Lunamour dissimulait son chagrin et sa peur. Elle naviguait entre les rangées de spectateurs, se tournait dans un mouvement gracieux et s'appliquait à mettre les robes en valeur. De nombreux photographes enregistraient ses moindres gestes et fixaient la flexibilité de sa silhouette avec respect.

Toutes ses consœurs lui enviaient son éclat.

La jeune femme noire était la reine du défilé de mode.

Aussi, quand elle demanda à pouvoir partir à l'issue de la présentation, l'attaché de presse du grand couturier regretta ce qui lui paraissait n'être qu'un caprice de star. Une fête était prévue dans une célèbre boîte de nuit. La présence du mannequin vedette devait constituer le clou de la soirée...

Une fois le salut final effectué, Lunamour retira sa dernière robe, enfila un simple jogging et se précipita vers sa voiture.

Avant que sonne minuit, elle pénétra dans son grand appartement de la place des Vosges et se posta devant le téléphone.

18

La lumière du jour aveugla Dominique Lukya. Il ouvrit les paupières et se demanda où il était.

Peu à peu, toutes les réalités de la veille vivifièrent son esprit et ses membres douloureux lui arrachèrent un soupir de souffrance.

Les vêtements de Caïn, abandonnés sur le sol, attirèrent son attention. Il regarda les alentours, comprit que l'autre s'était enfui, nu, dans la nature et regretta que les chaussures qu'il avait abandonnées soient trop petites pour ses pieds...

L'argent dépassait des poches de ses habits éparpillés dans la boue. Domino s'en empara, après avoir glissé le revolver dans la taille de son pantalon maculé de terre humide, et décida de rejoindre la route.

Il ignorait que sa photographie figurait sur les journaux, que la police était à ses trousses, que sa culpabilité dans le meurtre de Philippe Balmard semblait une chose certaine pour tous et que s'exposer à découvert risquait de lui attirer les pires ennuis.

La chance lui sourit de façon insolente.

À l'orée des bois, une jolie maison bordait un chemin de campagne. De la fumée sortait de la cheminée faite en pierres de taille. Deux voitures stationnaient devant la porte. Domino se cacha derrière un arbre et attendit.

D'abord, un homme assez jeune sortit de la demeure et grimpa dans un des véhicules qui démarra.

Le travesti resta en place.

Une heure plus tard, il aperçut une femme qui monta dans l'autre automobile et appuya plusieurs fois sur le démarreur pour faire tourner le moteur. Quand ses efforts furent couronnés de succès, elle passa la première vitesse et la voiture s'éloigna sur la route.

Alors, Dominique se dirigea vers la maison, vérifia que toutes les portes en étaient fermées, explora l'état des fenêtres et brisa la vitre de l'une d'elles.

Le fracas du verre éclaté l'effraya.

Il suspendit ses gestes, constata que rien d'inquiétant ne répondait à son acte et pénétra dans la demeure.

Une agréable chaleur régnait dans la place. Tout était décoré de manière sobre et fonctionnelle. Un escalier recouvert de moquette menait à l'étage.

Domino s'empressa d'inspecter d'abord la cuisine dans l'espoir d'y dénicher de la nourriture.

Le réfrigérateur contenait des fromages et de la charcuterie.

Tout en mangeant, Lukya survola les titres d'un journal régional abandonné sur la table.

La précarité de son sort barrait la première page : une photo de lui, en homme, l'identifiait aux yeux de tous comme étant le responsable du meurtre de l'avocat. De victime, il passait donc pour assassin...

Choqué par la révélation, Dominique pleura comme un gosse et ses yeux brouillés de larmes virent son reflet dans un miroir. Son visage était bleu de barbe. Ses vêtements sales et déchirés lui donnaient une allure effrayante.

Il retrouva son calme, grimpa au premier étage, trouva la salle de bains et ouvrit les armoires.

La prudence lui conseillait de ne pas s'attarder dans les lieux. Résistant à l'envie de prendre un bain, il se contenta de laver son visage et de ramasser le rasoir à pile qui se trouvait sur la tablette du lavabo.

Après s'être rasé, il alla dans la chambre, y explora la penderie et choisit des vêtements de femme. Une longue jupe grise en laine. Un chandail bleu clair et un manteau beige. Il les revêtit et constata que tout cela était un peu court pour lui.

Comme les chaussures de la maîtresse de maison ne pouvaient lui aller, il se rabattit sur les bottes en caoutchouc du mari, les mit et fut soulagé de sentir ses pieds s'y épanouir.

Vérifiant que ses joues étaient à présent lisses, Domino prit le temps de se maquiller et choisit les fards nécessaires pour changer les traits de son visage.

Un béret de laine recouvrit ses cheveux crépus et acheva de lui donner un aspect absolument féminin, très différent de celui proposé par sa photo imprimée sur le journal.

Il descendit à la cave, entassa ses vieux habits dans la chaudière et les regarda brûler en songeant que l'argent trouvé sur Caïn Kahane était un bon atout pour trouver une cachette.

Sur le point de sortir de la maison, il contempla le téléphone. L'aide de sa sœur lui devenait nécessaire et il s'en voulut de devoir la mêler à sa vie.

Le bourdonnement d'un moteur arrêta son geste en direction du combiné.

Dominique jeta un regard vers l'extérieur et constata que la femme revenait chez elle.

La peur le figea un instant au milieu du salon.

Dehors, une portière claquait. Ce bruit le projeta hors de sa soudaine immobilité. Il se glissa dans la cuisine, tira le verrou de la porte de derrière, quitta les lieux en toute hâte, remonta le chemin jusqu'à la route principale et se mit à la recherche d'un village ou d'une station de bus.

19

Les traits tirés de Gabriel Lecouvreur témoignaient d'un mauvais sommeil.

Pedro se retint de lui reprocher de trop jouer avec sa santé, remplit un bol de café bouillant et posa la carte de presse sur la table.

– Bois ça et va te coucher.

– Je t'emmerde.

Le Poulpe empocha le coupe-file et avala le liquide chaud.

– C'est tout ? questionna l'imprimeur.

– Non. Il me faut une arme. Légère, discrète et qui marche…

Son interlocuteur râla :

– Je suis peut-être du genre à refiler un flingue qui est naze ? Fais gaffe… J'ai pas d'humour en la matière.

– C'est vrai. Tu es un soigneux.

L'imprimeur descendit à la cave, y farfouilla pendant quelques secondes, en remonta un Beretta, le lui tendit avec des munitions et menaça :

– Fais gaffe. C'était le mien. Au temps du POUM…

Gabriel remercia Pedro d'un geste, fourra le tout dans les poches de son imperméable et s'en alla.

20

Lunamour se tenait à côté du téléphone. Elle avait veillé là. Toute la nuit. Dans l'attente d'un appel de son frère…

Désireuse de ne prendre aucun risque, le jeune mannequin avait éloigné sa bonne, laissé branché le répondeur automatique de la ligne principale et n'espérait plus qu'entendre sonner le récepteur de son autre numéro. Celui qui, depuis la mort récente de sa marraine et mère adoptive, n'était connu que de Dominique Lukya.

Les messages se succédaient sur son enregistreur. Propositions de contrats pour des films publicitaires. Demandes d'interviews. Amants délaissés suppliant de la revoir un fois encore. Invitations aux cocktails, aux premières de films, aux grands journaux télévisés…

Elle n'en avait cure.

Certaine que Domino voudrait la joindre, Lunamour patientait.

Le timbre de la sonnette de la porte l'agaça.

Elle resta immobile, mais l'importun ne se décourageait pas.

Au bout de dix minutes de sonnerie ininterrompue, la jeune femme se leva, souleva l'œilleton et vit un homme lui faire signe de regarder à ses pieds.

Elle baissa la tête, aperçut un bout de papier, le ramassa et lut :

«Je veux aider Dominique Lukya»

Méfiante, elle parla derrière la porte :

– Vous faites erreur. Partez.

– Je me suis donné assez de mal pour trouver votre adresse. Michel Tours, ça vous dit quelque chose ? Non ? ... Votre frère, il ne vous a jamais parlé de lui ? En tout cas, Dominique, il lui avait parlé de vous... Et lui m'en a donc aussi parlé. Juste avant que ceux qui veulent tuer votre frère l'ait dégommé... Maintenant, je suis seul à connaître votre existence. Ouvrez-moi, bon Dieu...

Lunamour était saoulée par les mots du Poulpe.

Elle ne céda pas pour autant.

– Partez ou j'appelle la police.

– D'accord. Qu'elle vienne. Je lui dirai que vous êtes la sœur de Dominique Lukya et je saurai m'arranger pour les convaincre d'aller vérifier ça...

Lunamour voulut gagner du temps pour réfléchir :

– Qui vous a dit que je vivais ici ?

Le Poulpe la sentait flancher et il expliqua :

– Je me suis pointé dans votre agence avec une fausse carte de journaliste de *Vogue*. Pour une interview avec photo en couverture et grosse promotion... J'ai même inventé que nous hésitions beaucoup entre vous et une autre. Il fallait avoir une réponse immédiate... À cette heure matinale, la seule secrétaire présente n'était pas très au courant. Elle a voulu joindre son patron chez lui. Personne... Alors, elle a cherché un de ses numéros privés sur l'ordinateur et, par chance pour moi, le vôtre y figurait aussi. J'ai une très bonne vue. Votre adresse personnelle était au-dessus du numéro. Comme la malheureuse ne parvenait toujours pas à joindre votre agent, je me suis barré en faisant un foin de tous les diables. Et me voilà chez vous. Convaincue ?

Lunamour ouvrit le tiroir d'une commode et saisit un petit revolver à la crosse de nacre. Le cadeau d'adieu d'un amant libanais...

Elle tira le verrou, ouvrit, et pointa l'arme sur son visiteur.

– Entrez.

Le Poulpe leva les mains, pénétra lentement dans le luxueux appartement du mannequin.

– Dans ma poche gauche, il y en a un plus gros. Beretta. Prenez-le...

La jeune femme délesta Gabriel de son automatique.

– Qui êtes-vous ?

– Fermez la porte. Notre histoire d'amour ne regarde pas les voisins.

Elle esquissa un sourire, le réprima aussitôt et poussa la porte.

Gabriel admira le grand salon uniformément blanc et très peu décoré. Les meubles étaient en bois laqué mauve foncé. Même le téléviseur et le Minitel.

Il resta debout et lui raconta tout ce qu'il savait, sans rien omettre d'autre que l'existence du film privé entre la fille du sex-shop et Domino.

Le Top model encaissait tout avec stoïcisme.

Gabriel conclut enfin :

– Justin Narpi est dans le coup. Mais comment et pourquoi ? C'est la grande inconnue... Il n'y a guère que votre frère qui en sache plus long que nous à ce propos. Et vous êtes la seule personne qu'il puisse tenter de contacter sans risque immédiat. Il l'a fait ?

– Pas encore.

Ces deux mots soulagèrent le Poulpe.

– Je peux baisser les bras, maintenant ?

– Oui. Je vous crois, admit Lunamour.

Il se détendit, s'affala sur un fauteuil bas, sortit son paquet de cigarettes et questionna la femme du regard.

Lunamour s'approcha de lui.

– Je peux en avoir une ?

Gabriel céda à son désir et craqua une allumette. Ses doigts tremblaient en lui donnant du feu.

Ils fumèrent en silence. Un silence qui fut vite troublé par la stridence d'un appel téléphonique que le répondeur automatique enregistra.

Dès la première sonnerie, la jeune femme prévint :

– Si Donuts m'appelle, c'est sur l'autre poste.

– Donuts ?

– J'ai toujours appelé mon frère comme ça. Donuts... Parce que, quand j'étais toute petite, il m'apportait toujours des Donuts. À chacune de ses visites chez ma marraine. Je me demande même si Donuts n'est pas le premier mot que j'ai prononcé.

– Donuts, Donuts, répétait bizarrement le Poulpe.

– Vous ne savez pas ce que c'est qu'un Donuts ?

– Donuts... Donuts...

– C'est un beignet américain avec de la confiture à l'intérieur...

Le Poulpe ne l'écoutait pas et répétait entre ses dents :

– Donuts... Donuts... Donuts...

Il regarda autour de lui, avisa le Minitel, se leva d'un bond, mit le contact et murmura :

– Pourquoi pas...

Ses doigts composèrent 36 15 Pan Pan.

Lunamour vint derrière lui.

– Qu'est-ce que vous faites ?

– Votre frère draguait ses clients sur cette messagerie... Son pseudonyme est Domino Black, je le sais. Mais sans son mot de passe, il m'était impossible de lire les messages qu'il recevait dans sa boîte aux lettres...

Tout en parlant, il pianotait. Les lettres D.O.N.U.T.S. s'inscrivirent sur l'écran et le dossier s'ouvrit.

– C'est bon !

– À quoi ça va vous servir de pouvoir lire ce que des salauds demandaient à mon frère ?

– Dans ces salauds, il y a certainement l'assassin ou son complice.

Les messages étaient peu nombreux et leurs dates montraient qu'ils ne remontaient pas très haut dans le temps. Leurs styles variaient...

«Monsieur distingué souhaite vous rencontrer pour lavements.Voici le numéro de ma voiture. Me joindre entre midi et une heure.»

«Provincial de passage à Paris tous les jeudis désire subir de votre part une crucifixion avec clous, crachats et couronne d'épines au vinaigre. Voyeur en supplément, tout à fait apprécié.»

«Ton flic désire correction sur les fesses demain 15 heures. Confirme-moi au téléphone de voiture.»

«Maîtresse, c'est Jacques. Appelez-moi demain à cet autre téléphone pour changement rendez-vous. Ma femme est rentrée de voyage.»

«Grand et bel homme élégant se propose à vos pieds. Urgent. BAL DANDY»

«Léon demande votre discrétion quand vous lui téléphonerez pour fixer prochaine séance. C'est ma nièce qui est la nouvelle secrétaire.»

«Jeune couple 25 et 28 ans demande si vous pouvez les dominer ensemble.»

«Homme 40 ans intéressé par l'annonce. Attend détails complémentaires. M'appeler le matin à 11 heures.»

«Avez-vous cachot et roue de supplice ? Téléphonez le soir.»

«Philippe arrivera en retard ce mardi. Téléphone à l'étude, si ça ne te pose pas de problème.»

Gabriel réagit :

– Celui-là date d'il y a plus de quinze jours. Étude… Philippe… Mardi… C'est l'avocat… C'est Philippe Balmard… L'homme que votre frère aurait poignardé…

Le mannequin respirait difficilement.

Elle s'éloigna de l'écran, se tordit les mains, éclata en sanglots et se mit à hurler :

– Donuts… Comment t'as pu leur faire tout ça ? Comment ? Pour moi ? Pour que je m'en tire ? C'est ma faute !

Gabriel s'approcha d'elle et la prit dans ses bras.

– Pleurez, mon petit. Pleurez… Criez… Mordez-moi, si ça vous aide… La vie est dégueulasse. C'est uniquement à cause de la vie qui est dégueulasse que votre frère se prostituait… Vous n'y êtes pour rien. Vous n'êtes pas une dégueulasse…

Elle se blottit longtemps contre lui. Il caressait doucement ses cheveux, la cajolait d'un murmure chantonné, baisait ses joues avec tendresse et ressentait une forte honte de ne l'avoir pas préparée à toute la réalité que le Minitel devait forcément révéler par l'énumération des détails sordides qui concernaient les fantasmes de leurs prochains.

Quand elle se ressaisit un peu, il lui proposa :

– Flanquez-vous dans un bain chaud pendant que j'explore toute cette merde.

Elle renifla, hocha la tête en guise d'accord et gagna la salle de bains.

Gabriel nota scrupuleusement les numéros de téléphone qui figuraient dans la BAL de Dominique Lukya et commença des appels.

21

Le commissaire Émile Monnet ajusta son arme de service dans la gaine qu'il portait à la ceinture, enfila son manteau et dit à son adjoint Bertrand Costilla :

– Je suis certain que Lukya est resté sur Paris.

– Moi, je ne le crois pas.

– Discute pas... Ce travelo est en cavale... C'est un tueur né. Celui qui va le dénicher fera beaucoup mieux de tirer le premier. Sinon, il sera un flic mort.

Costilla préféra ne pas répondre.

Le commissaire quitta son bureau en ajoutant :

– Je reviens dans deux petites heures. En cas de nouveau, tu me joins dans la bagnole.

Il claqua la porte, sortit rapidement de l'immeuble, monta dans sa voiture, et composa un numéro de téléphone.

– C'est Monnet... Je pars maintenant...

Le policier raccrocha.

– Quels cons.

Sa voiture traversa Paris.

Parvenu sur les Champs-Élysées, il se gara dans un parking souterrain et consulta sa montre.

Des pas résonnèrent en se rapprochant. La portière gauche s'ouvrit. Anthony Grenier s'installa près du policier.

Émile Monnet lui demanda :

– Du nouveau ?

Le dandy répondit d'une voix monocorde :

– Rien. La Mercedes esquintée. Abel Habetz mort. Caïn Kahane et Domino perdus dans la nature, quelque part entre Nice et Cannes...

– C'est pas un imbécile, Domino. Il va nous donner du fil à retordre.

– Un grand Noir avec des gros seins, ça se repère. Comme Kahane ne nous a pas joints, c'est qu'il est son prisonnier… Ou qu'il n'est plus de ce monde… Avec moi, ça ne se serait pas passé ainsi… Et notre commanditaire, tu le connais, toi ?

– Oui. Très bien même… Mais c'est Narpi et moi qui sommes ses contacts. Tu n'as pas besoin de savoir son nom. Contente-toi de tuer et de sourire. Maintenant, taille-toi. J'ai une visite à rendre.

Le grand homme élégant regagna sa voiture, sortit son téléphone portatif et composa le numéro de son patron.

– Émile y va…

De son côté, le commissaire remit le moteur de sa voiture en marche, sortit du parking, roula en direction de la Concorde, dépassa Madeleine, s'engagea rue des Mathurins et stoppa devant l'immeuble d'Eva Pavan :

– Ma petite, ça va être le moment de la vérité, grogna-t-il.

22

Le bus stoppa devant la gare de Cannes.

Domino en descendit, entra dans la station de chemins de fer, approcha d'un téléphone public et se souvint n'avoir que les billets de cinq cents francs de Caïn. Impossible donc d'appeler sa sœur.

Il fallait faire de la monnaie quelque part.

Des policiers en uniforme allaient et venaient dans la gare. À la librairie, les journaux affichaient son visage en première page. La femme de la maison pouvait avoir déjà signalé les vols de vêtements et donné son signalement... Le danger régnait. Il fallait quitter ces habits compromettants.

Dominique leva les yeux vers le panneau qui indiquait l'arrivée des trains. Deux convois devaient incessamment s'arrêter sur les quais numéros 2 et 3.

Il s'y rendit, décidé à tenter le tout pour le tout.

Le premier Express apparut. Les wagons frôlèrent Domino en ralentissant. La locomotive s'arrêta. Des gens descendirent en poussant des bagages. Le second train entra sur l'autre voie du même quai.

Domino détailla les voyageurs des deux convois qui se heurtaient les uns aux autres et cherchaient des amis dans la foule.

Il cristallisa son regard sur une élégante jeune femme de grande taille, vit qu'elle se jetait dans les bras d'un homme et profita de la cohue générale pour lui subtiliser sa valise. Toute à ses retrouvailles amoureuses, sa victime ne le vit pas faire.

Il emprunta le passage souterrain, se glissa dans les toilettes publiques et s'enferma dans une cabine.

Pendant que Dominique Lukya troquait ses habits pour un tailleur Chanel, les hurlements de la propriétaire du bagage lui parvinrent sans le troubler. Ayant déniché des chaussures de chez Carel, hélas un peu trop petites, il en gaina ses pieds.

Quand sa transformation fut accomplie, le travesti entassa les vêtements de la femme dans un sac de plastique trouvé dans la valise volée, le prit à la main et sortit des toilettes.

Devant la gare, des hommes se tournèrent sur lui avec admiration et désir.

Il était devenu une très jolie femme.

Malgré sa superbe apparence, Dominique Lukya ressentait les effets de la fatigue et analysait ses chances. L'idée de monter à Paris lui parut mauvaise. La police devait contrôler les gares et les aéroports. Mieux valait se trouver un endroit sûr et joindre ensuite sa sœur. Avec l'argent trouvé sur Kahane, plusieurs solutions s'offraient.

Le travesti rejoignit la rue d'Antibes, entra dans un magasin pour y acheter des chaussures à sa taille, en visita un autre et y choisit un ensemble au pantalon blanc étroit, un imperméable pour cacher le tailleur volé, et un sac de voyage.

Ainsi pourvu, il retourna vers la gare, s'engagea dans la rue Hoche, entra dans un petit hôtel, le Sergio, y loua une chambre et régla quatre jours d'avance.

Dès que Dominique Lukya prit possession des lieux, il composa le numéro de téléphone secret de Lunamour, attendit qu'elle décroche et entendit alors une voix d'homme lui répondre au bout du fil.

Paniqué, il raccrocha sans rien dire.

23

Le Poulpe ragea en reposant le récepteur. Il s'en voulait d'avoir décroché lui-même.

Nue et ruisselante d'eau, Lunamour surgit dans la pièce en criant :

– C'était Donuts ?

– Sans doute… Mais, quand il a entendu ma voix, il a tout de suite raccroché. Je n'aurai pas dû répondre. Je suis vraiment désolé.

Il détournait les yeux pour ne pas voir le corps admirable du mannequin.

Elle soupira :

– Il rappellera. Je suis certaine qu'il va rappeler.

D'un geste de ses longs bras, Gabriel balaya l'espace en suppliant :

– Mettez quelque chose sur vous, bordel. Je vais craquer, moi.

La jeune femme se rendit compte de sa tenue, poussa un petit cri gêné, le mua en un vague rire et se précipita dans la chambre. Le Poulpe reprit son souffle, se concentra, relut la liste des numéros de téléphone laissés par les clients de Domino et pensa que c'était drôlement risqué, mais que ça pouvait payer…

Lorsque Lunamour revint, vêtue d'un peignoir blanc, il lui proposa :

– Si j'appelle ces types, vous acceptez de leur parler en vous faisant passer pour votre frère ?

Le Top model frissonna.

– Moi ?

– Vous avez une voix assez grave et je ne sais pas comment Domino parle. Vous, vous le savez… On essaie ?

Elle ferma les yeux, vacilla quelque instants sur ses jambes magnifiques et lâcha dans un souffle :

– D'accord.

Gabriel composa le premier numéro…

24

Eva Pavan laissa entrer le commissaire Émile Monnet. Son visage de vieille fille revêche n'inspirait aucune sympathie. Ses cheveux gris pendaient en désordre sur des épaules maigres qui saillaient sous le tissu vert de son chemisier. Toute sa silhouette témoignait d'une mauvaise santé.

Elle retourna s'installer au fond d'un fauteuil de vieux cuir, rabattit le bas de sa jupe noire sur ses genoux habillés d'un collant aux mailles épaisses et fixa son visiteur d'un regard méprisant.

Le policier resta debout, attendit quelques instants et recula pour s'adosser contre le bois d'une lourde horloge normande dont le balancier de cuivre scandait inexorablement le fil du temps.

La secrétaire de Philippe Balmard brisa le silence.

– Vous avez mis du temps à venir. Des journalistes et des clients de l'étude n'ont pas cessé de me téléphoner. Selon vos indications, j'ai toujours refusé de leur répondre.

– C'est très bien, mademoiselle Pavan. C'est très bien... Et maintenant, si nous abordions les choses importantes ?

– Notre petite affaire ?

– Vu la somme que vous exigez, c'est plutôt une grosse affaire.

– Toute ma vie, je me suis privée... Pour le peu de temps qu'il me reste, je veux profiter de tout. Vite et bien...

– Je sais. Les médecins vous donnent un an... Peut-être même moins... Un million de francs, ça va vous permettre de crever dans le grandiose. Remarquez, l'argent ne va pas calmer vos souffrances. Votre crabe continuera de vous bouffer le foie. Mais j'admets qu'il pourra manger beaucoup mieux : champagne, caviar et langoustes des Caraïbes…

– La saleté de votre humour m'indiffère, commissaire Monnet. J'ai fait ce que vous m'avez dit. Je ne suis pas une idiote. Mes précautions sont prises. Il n'y a que moi qui sais où se trouve le document. S'il m'arrivait un accident, ma mère saurait ce qui lui resterait à faire… Je me fais bien comprendre ?

– Parfaitement bien… Mais, nous avons un impondérable. Dominique Lukya s'est évanoui dans la nature. Si mes collègues le retrouvent avant moi, l'accord qui nous unit ne vaut plus tripette.

– Vous bluffez. C'est une preuve qui dépasse la mort de Philippe.

– Juste… Très juste… Mais un million de francs… C'est…

Elle l'interrompit :

– Les ennemis politiques de vos amis m'en donneraient bien plus…

– C'est possible, mais alors cela établirait votre complicité dans le meurtre de votre patron. Personne n'aurait beaucoup à gagner d'un tel revirement de votre part. Vous le savez très bien…

– Quand m'apportez-vous l'argent ?

– Ce soir…

– J'aurai le document.

– Mes hommes abandonneront la surveillance de votre immeuble dès que je serai sorti d'ici…

Il ajouta :

– Vous avez trahi Balmard… Au bout de quinze ans…

Mademoiselle Pavan eut un rire de gorge.

– Quinze ans… Quinze ans à croire qu'il allait comprendre à quel point je l'aimais. Quinze ans à m'aveugler dans l'attente qu'il accepte de m'aimer. Pauvre crétine que j'étais. Il a fallu votre rencontre pour m'ouvrir enfin les yeux.

Le policier savourait la situation et se complut à résumer les circonstances de la machination :

– Au départ, j'ignorais complètement que votre patron était en possession de ce document. Ma première approche envers vous était dictée par l'instinct, la prémonition… Un étrange hasard m'avait permis d'apprendre la façon dont le célèbre Avocat Rouge passait les débuts de soirée de chaque mardi. Cela m'a paru intéressant de savoir si vous connaissiez cette facette de sa personnalité. Une vague idée de chantage me trottait peut-être bien dans la tête. Un moyen de vous tenir, lui et vous… Bien qu'à ce moment précis, rien ne nous inquiétait dans ce procès des membres de l'Action Anarchiste Armée. Tout marchait comme sur des roulettes… Mais quand je me suis décidé à vous aborder à la sortie de l'hôpital, ce fut très enrichissant pour nous deux. N'est-ce pas ?

– C'est exact. Les médecins venaient de me dire enfin toute la vérité sur mon état. Et vous êtes venu m'apprendre une autre vérité. Une vérité que j'ai encore moins supportée que celle d'avoir un cancer.

Le policier hocha la tête en une sorte d'approbation compatissante et perverse. Mademoiselle Pavan ne le regardait plus. Une expression de haine tenace métamorphosait son visage. Une colère qui semblait lui faire plaisir.

Elle continua, à mi-voix, pour elle-même :

– L'homme que j'aimais depuis quinze ans était un vicieux malade qui se faisait battre jusqu'au sang par des travestis. Un homosexuel masochiste… Un monstre… J'avais gâché ma jeunesse en espérant l'impossible…

Monnet ricana.

– Et l'envie de vous venger de lui balaya tous vos scrupules. Avant même que j'exerce une approche de chantage, vous m'avez proposé de le trahir… Vous m'avez parlé du document et donné le nom de celui qui vous l'avait remis…

– Mais je ne vous ai pas demandé de tuer Philippe…

– Si. Dans votre regard, il y avait cette demande… Ne soyez pas hypocrite.

Eva Pavan pinça les lèvres et se leva.

– L'argent pour ce soir ?

Le policier hocha affirmativement la tête et sortit.

Malgré l'ignominie dans laquelle le commissaire Émile Monnet aimait à se complaire depuis toujours, il avait soudain besoin d'air pur.

25

Lunamour et Gabriel tentaient de joindre au téléphone les possesseurs des numéros inscrits dans la boîte aux lettres de Dominique Lukya. Tous ne répondaient pas à l'appel. Ceux qui décrochaient le récepteur entendaient le Top model leur parler en imitant la voix de son frère. Ils étaient alors surpris en croyant reconnaître le travesti. Certains raccrochèrent aussitôt. D'autres s'excusèrent d'abord de ne pas souhaiter conserver le contact avec lui et le supplièrent de ne pas les rappeler. Pour eux, Domino était sans aucun doute un assassin… La peur d'être démasqués comme étant ses clients motivait leur refus d'une aide quelconque ou même d'une écoute amicale de quelques secondes.

Quelques-uns réagirent autrement. Ils cherchèrent à savoir si les journaux ne mentaient pas et demandèrent comment le drame avait pu arriver.

L'écouteur à l'oreille, le Poulpe jaugeait la sincérité de leur attention et soufflait son texte au mannequin.

Cependant, aucun des contactés ne proposa d'intervenir…

L'autre téléphone sonna.

Lunamour sursauta, regarda Gabriel et murmura :

– C'est lui…

Elle décrocha et entendit la voix de Domino.

– C'est Donuts.

– Oui, répondit Lunamour. Je t'écoute.

– Tout à l'heure, un homme a répondu…

– Je sais. Maintenant, tu peux parler…

– Tu es sûre ?

– Oui. Où es-tu ?

– À Cannes. Hôtel Sergio. Chambre 11. Tu sais, je n'ai rien fait. Ce n'est pas moi qui…

– Je le sais.

– Il me faut fuir de France.

– Je vais t'apporter de l'argent.

– Pas la peine, j'en ai… Du moins, pour l'instant… Avec de la chance, je peux passer les frontières de la Communauté européenne.

Lunamour avait mis le haut-parleur et le Poulpe écoutait.

Domino soupira :

– Il me faut des faux papiers. Avec un nom de femme. Si je peux gagner l'Asie, je me débrouillerai.

Gabriel se décida et prit le combiné du téléphone.

– Ne raccrochez pas, Lukya. Je suis avec votre sœur. C'est moi le type qui vous ai répondu tout à l'heure. Il n'y a rien à craindre.... Je veux vous aider.

Le travesti se méfia.

– Qui êtes-vous ?

– Un homme qui sait que vous êtes innocent.

Il y eut un silence de l'autre côté du fil.

Lunamour intervint et cria en direction de l'appareil :

– C'est vrai, Donuts... Il veut t'aider.

Domino demanda :

– Comment êtes-vous certain de mon innocence ?

Gabriel préféra tout lui raconter et résuma les derniers événements. La mort de Michel Tours. Les recherches effectuées par Justin Narpi. Son enquête... Ses intuitions... Le travesti écoutait.

– Je peux m'occuper de vos faux papiers et je peux même venir vous les porter. Mais il serait préférable que vous m'aidiez à faire toute la vérité. Je veux vous innocenter... Il doit y avoir un moyen... J'ai réussi à percer le code de votre boîte aux lettres sur la messagerie Minitel. Il y a une liste de correspondants... Dites-moi ce qui est arrivé, le soir de l'assassinat de Philippe Balmard.

– D'accord, mais que ma sœur n'écoute pas.

Lunamour hocha la tête en signe d'acquiescement.

– J'enlève le-haut parleur, dit le Poulpe. Elle n'entendra rien.

Dominique Lukya raconta comment il avait été surpris pendant la séance de domination de l'avocat, puis emmené de force, enfermé dans le coffre d'une Mercedes. L'accident. La mort de Habetz. La disparition de Caïn. Ce qu'il avait lu à leur sujet sur les cartes d'identité...

Gabriel nota leur adresse et demanda :

– Vous connaissiez déjà ces deux types ?

– Je ne les avais jamais vus.

– Qui attendiez-vous alors, après la séance avec Balmard ?

Domino réfléchit.

– Un grand type. Très élégant. Avec un éternel sourire. Plutôt curieux comme client. Un cérébral... Il restait tout habillé. Je ne devais pas le toucher. L'insulter semblait lui suffire. Il m'écoutait l'injurier... Rien de plus... Mais cela arrive parfois... Les gens ont toutes sortes de fantasmes. Cet homme, je le surnommais le dandy.

Gabriel trouva que la description faite par Lukya correspondait assez au garde du corps qui accompagnait Justin Narpi au 813.

Il demanda :

– Ce dandy est venu souvent ?

– Non. Une seule fois... Il devait revenir le soir où les deux autres ont tué l'avocat...

Le Poulpe jeta un regard sur la liste des correspondants.

– C'est quoi ce flic ?

– Quel flic ?

– Je lis : *« Ton flic désire correction sur les*

fesses demain 15 heures. Confirme-moi au téléphone de voiture. »

– Lui… C'est un vieil habitué. Je le satisfais depuis au moins deux ans. Il se fait attacher, tout nu, avec ses propres menottes. Je dois le menacer avec son arme de service. Le traiter de pauvre type. Et, ensuite, c'est la fessée… Puis des trucs scatologiques…

– Son nom ?

– Je ne l'ai jamais su.

– Il est comment ?

– Physique banal. La cinquantaine. Taille moyenne. Un peu comme tout le monde. Plutôt gentil… Il m'a rendu de petits services vis-à-vis de ses collègues des mœurs. Je pouvais compter sur lui pour être tranquille de ce côté-là… Mais, dans le cas présent, je ne sais pas s'il accepterait de m'aider…

– Compris. Pour le moment, restez planqué dans votre chambre. Ne sortez que pour acheter à manger. Sur un marché… Avec le monde autour de vous, c'est beaucoup mieux… Évitez surtout de vous pointer dans un restaurant ou un café. Ne téléphonez plus… C'est votre sœur qui vous appellera. Je vous la repasse.

Il tendit le téléphone à Lunamour et n'écouta pas l'échange qui s'ensuivit. Une chose lui paraissait presque certaine. Le meurtre de l'avocat Philippe Balmard était l'œuvre de Justin Narpi. Directement ou indirectement… Mais le motif de cet assassinat ne lui apparaissait pas encore.

Le Top model raccrocha.

Gabriel se tourna vers elle.

– Je n'ai aucune envie de mêler l'ami flic de

votre frère à cette histoire. Il faut agir vite et coincer l'autre client. Le grand type élégant. Je suis persuadé que ce dandy peut nous raconter des choses intéressantes.

Elle s'étonna :

– Mais la police peut s'occuper de lui...

– L'instinct. Mon instinct... Mon instinct me dit que les flics doivent être impliqués dans toute cette merde... J'ai négligé la piste des terroristes de l'Action Anarchiste Armée... Une fraction de policiers fanatiques a peut-être décidé de venger les leurs en faisant payer Philippe Balmard et en laissant croire que votre frère était son assassin. Narpi a des contacts chez certains flics.

Il se mit à marcher de long en large dans le magnifique appartement.

Lunamour le regardait et l'entendit marmonner :

– Le moindre faux pas et c'est la catastrophe. Et pas moyen d'appeler ce dandy... Il n'a laissé que sa BAL...

– Sa BAL ? demanda-t-elle.

Gabriel expliqua :

– Oui... Sa boîte aux lettres sur Minitel... Pas de numéro de téléphone... Il faut chercher sa BAL...

Le Poulpe pianota aussitôt sur le clavier et constata que cette boîte aux lettres n'existait plus. La jeune femme s'inquiéta :

– C'est foutu ?

Gabriel balança négativement la tête.

– Non... Puisque je suis presque sûr de savoir qui c'est...

Il arrêta le Minitel, composa le numéro de téléphone de Raphaël Cornavon et attendit.

Une voix désagréable répondit :
– Qui c'est ?
– Je veux parler à Cornavon.
– De la part de qui ?
– Lecouvreur…
Il y eut un moment d'attente.
Puis, ce fut Cornavon qui parla :
– Vous me voulez quoi ?
– Caïn Kahane et Abel Habetz, ils font partie de la bande de Justin Narpi ?
– Je peux le savoir.
– Et le grand type élégant, hier, au 813, vous savez qui c'est ?
– Non. Il s'appelle Anthony, je crois…
– Vous pouvez savoir où le trouver ?
– C'est possible aussi.
– Vite ?
– Vous me rappelez dans une heure…
Il raccrocha.
Lunamour interrogea :
– Et maintenant ?
Le Poulpe la regarda. Elle était très belle. Une vague de honte le balaya. Car son idée risquait de mettre la vie de cette femme en péril.

26

Émile Monnet entra dans un hôtel particulier de Neuilly, se fit annoncer par un majordome et pénétra dans le bureau de l'industriel Gontran Borvard.
Le vieillard contempla le policier avec impatience et se cala dans son fauteuil Louis XVI :

– Où en est la transaction ?

Monnet ricana :

– Vous le savez très bien. Justin Narpi est en contact permanent avec vous. Alors, épargnez-moi ce numéro, Gontran…

– Je déteste quand ça ne fonctionne pas comme prévu.

– En attendant, c'est nous qui faisons le sale boulot.

– Chacun son rôle. Moi, j'organise, calcule et paye. Vous et les petits truands de monsieur Narpi, vous exécutez…

Le commissaire détestait son interlocuteur. Il n'aimait pas sa manière de considérer les individus comme des pions devant servir ses ambitions politiques. Même si l'idéologie de l'industriel était assez proche de la sienne…

Borvard continuait :

– Dans cette histoire, il y a eu une suite inacceptable d'erreurs et des fuites qui mettent mon organisation en péril. Je vous préviens que les scrupules ne m'ont jamais étouffé. S'il faut faire un grand ménage, je le ferai. Quitte à dissoudre votre groupe Nation.

– Pour le moment, j'ai réglé le compte du gars de chez nous qui avait communiqué le dossier à Balmard… L'essentiel est de récupérer ce document… Mademoiselle Pavan en veut une brique…

Son interlocuteur enragea :

– Un million… Et qui nous dit qu'elle s'en tiendra là ?

– C'est une femme très malade. Inutile de la tuer. Son crabe s'en charge.

– Admettons.
– Pavan veut son fric ce soir…
– Narpi aura la somme dans une heure. Je veux que ça passe par lui.
Le commissaire comprit que l'entretien était terminé.

27

Le ciel s'était dégagé. La pluie ne tombait plus sur Paris. Un beau soleil diffusait une douce lumière dans le luxueux appartement de Lunamour.
Gabriel consulta sa montre et rappela Raphaël Cornavon.
Le joueur lui donna les informations qu'il désirait connaître.
– Abel Habetz et Caïn Kahane sont au service de Justin Narpi. Le premier fait office de tueur. Il a été chassé de la police pour une grosse bavure en 1987. Vous vous souvenez peut-être de la fusillade dans une cité de la banlieue nord. Cinq jeunes Maghrébins descendus au cours d'un contrôle d'identité… C'était lui… L'autre est moins mouillé dans les mauvaises histoires. C'est un homme qui sert à tout faire. Pas un exécuteur… Depuis cinq ans, ils travaillent en couple et sont toujours plein aux as… Des combines de jeu… Et puis, les contrats difficiles…
– Leur adresse commune ?
– Ne vous déplacez pas. J'y ai déjà envoyé quelqu'un… Il n'a rien trouvé d'intéressant dans leur piaule.
– Et cet Anthony ?

Son interlocuteur eut un ton plus grave :

– Un dangereux. Anthony Grenier. Ancien mercenaire au service du plus offrant. Justin Narpi l'emploie depuis environ cinq ans. C'est un solitaire et un maniaque. Très intelligent. Froid comme un glaçon. Et malin…

– Un port d'attache ?

– Pas de petite amie. Pas de vice. Ni alcool, ni drogue, ni flambe… Il loge dans un grand studio près de la Bastille et déjeune toujours chez Bofinger. À midi trente précises.

Gabriel admirait la précision des renseignements fournis par Cornavon.

Il l'entendit ajouter :

– Faites attention, Lecouvreur. Ce mec est coriace…

Et Raphaël raccrocha.

Le Top model sommeillait sur le divan.

Gabriel la regarda. Elle était trop belle pour courir des risques. Pourtant, la situation l'obligeait à en faire l'appât immédiat afin de découvrir toute la vérité sur l'assassinat de l'avocat.

Les cloches d'une église voisine sonnèrent midi.

D'un geste d'une infinie douceur, le Poulpe réveilla la jeune femme. Elle ouvrit les yeux à la façon des enfants perdus dans les rêves et sourit.

– Vous avez un rasoir ? lui demanda-t-il.

Lunamour répondit dans un demi-sommeil :

– Dans la salle de bains…

Lecouvreur secoua doucement le mannequin.

– Maquillez-vous de manière à ressembler le plus possible à votre frère. Faites vite… Nous devons être à la Bastille dans trente minutes.

Sans attendre sa réponse, il alla dans la salle de bains, fouilla les tiroirs, dénicha un petit rasoir mécanique et couvrit ses joues de savon.

La minuscule lame trancha parcimonieusement les poils de sa barbe.

Quand son visage fut complètement lisse, il s'attaqua à la pilosité qui lui couvrait les jambes. Lunamour le surprit pendant cette curieuse opération et s'étonna :

– Pourquoi faites-vous cela ?

Gabriel tourna la tête vers elle, constata qu'elle ressemblait maintenant à son frère et lui demanda :

– Préparez-moi quelques-uns de vos vêtements suffisamment larges pour m'aller... Et des chaussures, mais sans hauts talons...

Tout en parlant, le Poulpe se tranchait les poils des jambes.

Lunamour ne comprenait pas et le regardait avec hébétement.

Il expliqua :

– Je vais m'habiller en femme.

28

La brasserie Bofinger était en pleine effervescence. Le personnel s'activait pour satisfaire les clients. Seul à sa table, Anthony Grenier ne s'occupait pas de cette agitation fébrile. Il commanda le menu du jour et alluma une cigarette.

Les petits secrets de Justin Narpi et du commissaire Émile Monnet le contrariaient. Leurs méthodes ne le satisfaisaient pas. Envoyer ces deux abrutis noyer Domino dans la Méditerranée témoignait de la stupidité de son chef. Il regrettait aussi qu'Abel Habetz eût été chargé de poignarder l'avocat. En fait, ce travail aurait dû lui revenir…

Le serveur déposa le plateau de crustacés sur sa table et remplit son verre de Chablis frais. Le dandy goûta le vin, songea que sa collaboration avec Narpi ne lui convenait plus et goba deux huîtres à la file.

Une voix de fausset l'importuna.

– Je peux me mettre à votre table ?

Il leva les yeux, vit une grande femme aux cheveux noirs qui lui souriait, réalisa après quelques instants que c'était un travesti et réagit violemment, mais sans se départir de son sourire impassible :

– Casse-toi, mec…

Le Poulpe n'en fit rien, releva une mèche de sa perruque, battit des cils et passa la langue sur ses deux lèvres peintes de vermillon.

L'autre hésitait en cherchant où il avait bien pu déjà voir ce regard.

C'était récent… Très récent.

Intrigué, il demanda :

– On se connaît ?

Gabriel s'assit avec une grâce maladroite en face du grand homme élégant. Son rimmel lui irritait les paupières. La robe de Lunamour l'étouffait. Le parfum de la poudre de riz lui donnait envie d'éternuer. Il se concentra pour dire en chuchotant :

– Je vous ai croisé dans le hall d'un immeuble de Montparnasse. Il n'y a pas très longtemps. Je sortais de chez une bonne copine à moi… Domino…

Grenier posa ses couverts sans répondre.

Lecouvreur continua en baissant encore un peu plus la voix :

– Je n'étais pas sûr que c'était vous, mais Domino vous a reconnu.

Anthony quitta son sourire, regarda autour de lui et aperçut Lunamour qui se tenait debout près de l'entrée du restaurant.

La ressemblance du Top model avec son frère fit illusion.

Son interlocuteur mordit à l'hameçon.

– Il est complètement fou de se montrer en public, votre petit copain. La police le recherche pour meurtre. C'est dangereux de s'exposer ainsi...

– La pauvre, elle n'y est vraiment pour rien... Je l'ai recueillie chez moi. Maintenant, on se fait les clients à deux... Ils aiment bien notre petit couple. Et ça nous aide... Vous, vous ne pourriez pas nous aider ? En souvenir du bon moment que ma copine vous a fait vivre ? Deux mille francs pour les deux...

Anthony Grenier calcula l'avantage que le hasard lui donnait. Le travesti pensait qu'il devait apprécier ce genre de petite fête et cela lui offrait le moyen d'éliminer personnellement Dominique Lukya.

D'une voix basse, il demanda :

– Vous êtes où ?

Gabriel se leva pour se rasseoir aussitôt à côté du dandy, fit signe à Lunamour de les rejoindre, posa la main sur le bras de l'homme et roucoula :

– Rue de la Roquette. C'est tout près...

Le Top model s'approcha et prit place devant le tueur. Une impression étrange envahit alors Grenier. La créature qui se trouvait devant lui n'était pas exactement Dominique Lukya. C'était une vraie femme…

Il n'eut pas le temps de préciser sa pensée. Le Poulpe posait le bout du canon du Beretta contre son flanc, le délestait de sa propre arme avec l'autre main et lui soufflait dans l'oreille :

– Tu vas payer ton repas, te lever tranquillement et venir avec nous… Moi, je n'ai rien à perdre. Te descendre ici devant tout le monde ne me gêne pas…

Le dandy vit que Lunamour braquait discrètement un petit revolver sur lui.

Pris entre deux feux, il appela le garçon, exigea la note d'un ton qui ne permettait aucune observation, jeta de l'argent sur la table et accompagna le couple dans la rue.

Place de la Bastille, Gabriel appuya plus fort le Beretta contre la chair du prisonnier :

– Tu nous conduis à ta voiture.

Grenier serra les dents et s'exécuta. Sa CX était garée rue Saint-Antoine. Lunamour en prit le volant. À l'arrière, Gabriel tenait toujours le dandy en joue.

Ils parvinrent sans problème place des Vosges.

Une fois dans l'appartement du Top model, le Poulpe enleva sa perruque et envoya son pied dans le bas-ventre du prisonnier. Anthony se plia en deux. D'une manchette au menton, Gabriel le redressa. Le tueur gardait son arrogant sourire. La jeune femme suivait la scène avec écœurement.

Gabriel projeta Grenier sur un divan.

– Je sais que tu bosses pour Justin Narpi.

– Et après ? ricana le dandy.

Le Poulpe le gifla plusieurs fois au visage pour ponctuer ses questions :

– Pourquoi ton patron a fait tuer Maître Philippe Balmard et pourquoi a-t-il voulu mettre le crime sur le dos de Dominique Lukya ? Pourquoi ?

L'homme encaissait les coups avec habitude. La torture et la douleur lui étaient familières. Au cours de son existence, il les avait souvent données ou subies. L'étrange travesti pouvait donc cogner... Son mutisme resterait entier.

Gabriel le savait et ressentit une bouffée de honte à se défouler ainsi en le corrigeant. Ses longs bras se baissèrent. Sa robe lui sembla ridicule. Il confia le Beretta au Top model et ôta ses vêtements féminins.

Alors, le tueur le reconnut.

– C'est toi qui étais chez Raphaël Cornavon, hier soir... Et c'est toi aussi qui as rendu visite à Michel Tours...

– Tu l'as dit, bouffi... C'est moi... Tu as tout compris. Bravo... Mais, comme l'écrivait Joachim Dachmann dans le cinquième chapitre de *Du Côté de l'Enfer* : *« Commencer à enfin comprendre ce qui vous arrive n'empêche jamais la marche inexorable des vrais emmerdements. »*

Grenier le nargua :

– Les intellectuels comme toi, ce sont toujours des perdants.

– Pas faux... Je pourrais te taper dessus pendant des heures. Sans résultat. Alors, on va s'y prendre autrement... Écoute bien... Domino est en lieu sûr. Seul. Un mot de moi, et il va voir les flics. Ce qui ne plairait pas à ton patron... Vivant, Dominique Lukya vous pose trop de problèmes. D'où votre agitation et l'assassinat déguisé de Michel Tours... Oui... Mis en scène... L'overdose chez un type qui ne s'était jamais shooté, ce n'était pas une bonne idée… Maintenant, tu es mouillé comme un calebard d'incontinent. En cas de pépin, Justin Narpi et ses potes te lâcheront comme une merde… Tu deviendras le bouc émissaire idéal… Un bouc émissaire mort… Ils s'arrangeront pour faire porter le chapeau à ton cadavre…

En parlant, le Poulpe croyait presque à son propre bluff. Ses paroles se succédaient aisément. Dictées par l'instinct… L'instinct… Il improvisait en ne suivant que son instinct…

De son côté, le dandy cherchait à deviner comment pouvoir se tirer de cette situation. La police ne lui faisait pas peur. Il en savait trop long sur toute cette affaire. Sa chute à lui en entraînerait d'autres… Même s'il ignorait le nom du commanditaire de l'assassinat de Domino…

Lunamour intervint :

– On devrait appeler le flic qui est copain de mon frère.

Anthony comprit la ressemblance qui existait entre le travesti et la jeune femme. Elle était sa sœur et tout s'éclairait sur les raisons qui motivaient ceux qui le retenaient prisonnier.

Gabriel regretta l'indiscrétion faite par le mannequin ; à présent, le dandy savait son identité.

– Laissons ce policier en dehors de tout ça… Je suis certain que nous allons pouvoir trouver un terrain d'entente avec monsieur Grenier…

Elle insista :

– Mais puisque Domino a dit…

– Assez ! Pas de flic pour l'instant…

La jeune femme bouda.

Une sonnerie de téléphone retint brusquement l'attention générale. Elle provenait du veston d'Anthony Grenier. D'un geste rapide, le Poulpe se saisit de l'appareil portatif du dandy, le mit en écoute et entendit :

– C'est Monnet…

Gabriel grogna une affirmation à peine intelligible.

Son correspondant répondit :

– On se retrouve chez Narpi comme prévu… À seize heures… Pour mettre au point l'opération de ce soir…

Et il raccrocha.

Le Poulpe jeta le téléphone portatif sur un fauteuil et fixa le dandy dans les yeux.

– Parfait… Des flics sont dans ce coup… J'en étais sûr… Si tu ne veux rien me dire, je leur laisserai croire que tu as parlé. Dans ce cas, ta vie ne vaudra pas un clou de ton cercueil.

Le tueur pâlit et sentit son assurance s'enliser dans la peur.

Gabriel lui tendit la perche :

– Tu n'as plus le choix… Finalement, je vais appeler ce flic.

Il regarda la liste des numéros pris sur la BAL de Domino, mémorisa celui du policier amateur de fessées, ramassa le téléphone portatif du dandy et composa les chiffres du client de Lukya.

Après la première sonnerie, on répondit. Gabriel raccrocha aussitôt. Il venait de reconnaître la voix de celui qui venait d'appeler son prisonnier. La voix du commissaire Émile Monnet. L'évidence le troubla et il eut un moment d'inattention.

Le dandy en profita pour bondir sur le modèle et tenter de la désarmer.

Lunamour tira.

La détonation retentit dans l'appartement.

Anthony Grenier s'était figé dans son mouvement.

Ses mains se portèrent à sa poitrine, se crispèrent en étalant le sang qui maculait le tissu de sa chemise et retombèrent le long de son corps. Il sourit, tournoya comme une feuille morte, entama une danse grotesque en direction de la porte, vit son image ensanglantée se refléter dans le miroir de l'entrée, s'efforça maladroitement de rajuster le nœud de sa cravate, y parvint, soupira de satisfaction et s'écroula sur la moquette.

– Je ne l'ai pas fait exprès, s'excusa Lunamour.

Le Poulpe se pencha sur Grenier et constata sa mort.

Hébétée, la jeune femme répétait :

– Je ne l'ai pas fait exprès.

Elle posa le Beretta sur le Minitel en continuant sa litanie.

Gabriel la secoua :

– Vous avez écrasé une vermine. Tout va bien.

Des sanglots hystériques secouèrent le Top model. Le Poulpe la gifla. Elle stoppa ses pleurs.

– Une vermine, chuchota très doucement Gabriel.

Lunamour hocha la tête en une muette approbation.

Son compagnon la lâcha et composa un numéro de téléphone.

– Monsieur Cornavon, c'est encore moi... Gabriel Lecouvreur... Est-ce que vous pourriez me débarrasser d'un cadavre ?

29

Allongé sur le lit de la chambre d'hôtel, Dominique Lukya essayait en vain de se reposer. Le sommeil le fuyait. Les bruits de l'extérieur perturbaient son esprit et des épisodes de sa vie sordide lui défilaient dans la tête. La sarabande des visages de ses clients l'obsédait. L'extase par la douleur ou leur insistance à recevoir d'incroyables humiliations lui soulevaient à présent le cœur. Son passé de bourreau le mettait mal à l'aise.

Il avait aussi envie de fumer.

Derrière la vitre de sa fenêtre, on pouvait apercevoir la carotte rouge d'un bureau de tabac.

Le travesti se leva et enfila ses chaussures.

Au coin de la rue d'Antibes, des effluves parfumés de cuisine provençale lui parvinrent et avivèrent sa faim. Crispé, il accéléra le pas, pénétra dans la boutique du marchand de cigarettes et acheta une cartouche de Camel. Là aussi, l'odeur des nourritures assaillit ses narines. Un vague vertige le décontenança.

Il réussit à se contrôler, regagna la rue et marcha vers son hôtel.

Manger... Ce mot se mit à danser dans sa tête. Manger... Manger... Les hommes de la voirie nettoyaient la place du marché. Les magasins d'alimentation étaient fermés. Tous déjeunaient... Dominique Lukya pouvait d'ailleurs les voir se nourrir à l'intérieur des cafés ou des brasseries.

N'y tenant plus, il entra dans un restaurant, s'installa pour commander un repas et alluma une Camel. À la table voisine, un couple le regarda.

Les autres consommateurs ne faisaient pas attention à lui. Domino commanda le plat du jour.

Des encornets.

Il trouva que les calamars avaient une saveur délicieuse. Leur sauce épicée lui donnait soif.

Le travesti but plusieurs verres de vin et se détendit. La vie lui semblait à nouveau douce. Le temps ne comptait plus. Il s'attarda, dégusta un dessert et vida toute la bouteille de rosé. La nicotine endormait sa méfiance. Une somnolence le berçait.

Il règla l'addition et sortit.

Dehors, le soleil donnait un air de printemps à la ville.

Dominique Lukya ne se sentit pas d'humeur à rentrer immédiatement dans sa chambre d'hôtel. Le spectacle de la mer l'attirait. Il se rendit jusqu'à la Croisette, sans même se rendre compte que le couple du restaurant le suivait…

Des retraités, des chômeurs et quelques vieilles dames outrageusement maquillées se promenaient lentement sur le rivage, goûtaient la clémence du climat, regardaient le mouvement des vagues et scrutaient l'horizon. Tous paraissaient sereins, mais avec une petite touche de malheur qui fluctuait aux canaux de leurs rides.

Le travesti goûtait la lumière et s'apaisait en contemplant le ciel.

Plusieurs minutes passèrent.

Les effets du vin s'estompaient. La gravité de sa situation revint gérer le comportement de Domino. Il jeta un dernier regard sur la Méditerranée, lui tourna le dos et se dirigea vers l'hôtel Sergio.

Le couple du restaurant restait dans son sillage.

Un gros nuage masqua le soleil. Le souffle du vent secoua les rames des palmiers. La pluie tomba. Dominique Lukya se dépêcha de rejoindre la rue Hoche. Il entra dans l'hôtel Sergio, sans voir que le couple du restaurant n'avait rien perdu de ses gestes.

30

Assis derrière son bureau en bois d'acajou, le gros Justin Narpi regardait son secrétaire compter l'argent. La pendule marquait presque quinze heures et il ne comprenait pas le retard d'Anthony Grenier. Une appréhension pleine d'opacité l'exaspérait.

Charles Valmain disposa la dernière liasse dans une mallette.

– Le compte est bon.

Son patron rigola :

– Bien entendu ! Abruti... Dans ce genre d'affaire, on ne peut quand même pas se permettre de jouer les escrocs...

L'homme de confiance se ratatina. L'horloge sonna trois fois et l'obèse soupira :

– Quinze heures... Anthony devrait être là depuis au moins vingt minutes. Je n'aime pas ça... Il est chargé d'accompagner Monnet pendant la transaction. Et puis, de récupérer l'argent...

Un méchant sourire ourla ses lèvres grasses.

– Peut-être même de supprimer ce bon commissaire...

Valmain protesta timidement :

– Vous compliquez toujours tout…

– Je t'emmerde !

Justin détestait la contradiction. Toute sa vie de truand, il avait opéré de la même manière. Les corps jetés dans la Méditerranée… Une superstition qui lui venait de ses débuts à Marseille… À l'époque de l'O.A.S. et des alliances utiles… Enfin, quand un de ses hommes ne lui servait plus à rien, un autre se chargeait de l'éliminer pour lui. C'était commode…

Il songea que le commissaire Émile Monnet ne pourrait bientôt plus l'aider. Son zèle avait pourtant permis d'abattre le fonctionnaire indiscret qui les avait trahis en vendant à Philippe Balmard le dossier sur l'Action Anarchiste Armée. Et sans lui, l'organisation du meurtre de l'avocat n'aurait pas été possible. Mais avec le travesti en cavale, sa disparition s'imposait… Gontran Borvard croyait que tout était terminé… Émile Monnet et lui étant ses seuls contacts pour cette affaire, ça devenait dangereux… Au cas où le flic pourri aurait l'irrésistible envie de raconter toute la vérité au commanditaire… Pour le couler, lui, Justin Narpi… Alors, mieux valait que Monnet se taise à jamais. Il avait d'ailleurs préparé le terrain en conseillant à l'industriel de lâcher les flics du groupe Nation.

Grenier n'arrivait toujours pas et l'obèse se résolut à lui téléphoner.

31

Franck et Sébastien durent d'abord briser les os des jambes du dandy pour le faire entrer sans mutilation dans la malle.

Lunamour détourna les yeux et se boucha les oreilles.

Elle n'avait jamais soupçonné qu'une telle violence soit possible.

Agenouillé sur le sol, le Poulpe nettoyait méticuleusement les taches de sang qui maculaient la moquette.

Lorsque les serrures de l'imposant bagage furent bouclées, le chauve essuya son crâne en sueur et déclara :

– Vous êtes un drôle de coco, vous. Le patron vous a vraiment à la bonne…

Gabriel leva la tête.

– Simple question de respect mutuel.

La jeune femme ouvrit la porte pour permettre aux hommes d'emmener leur colis. Le colosse blond respirait difficilement sous le bandage qui recouvrait son nez meurtri. À bout de souffle et de nerfs, il dit à Gabriel :

– Toi, tôt ou tard, on se retrouvera…

Ils disparurent dans l'escalier.

Lunamour s'accroupit à côté du Poulpe, lui prit l'éponge des mains et frotta les marques sanglantes.

Le téléphone portatif de Grenier sonna. Gabriel s'en saisit :

– C'est Narpi. Qu'est-ce que tu fous ?

Il répliqua :

– Bonjour monsieur Narpi. Votre ami Anthony ne peut pas vous répondre.

– Qui êtes-vous ? grogna l'obèse.

– C'est sans importance.

– Où est Grenier ?

– Mort.

– Quoi ?

– Vous avez parfaitement compris.

– Qui êtes-vous ? répéta Narpi.

– Quelqu'un qui désire vous voir. Je sais où se trouve Domino.

Un silence se fit au bout du fil. Lunamour regardait le Poulpe avec effroi.

Il la rassura d'un geste de ses longs bras et continua :

– Je vous dis où le trouver contre dix briques…

– Venez immédiatement. À mon bureau.

Il donna l'adresse et raccrocha.

Lunamour se releva :

– Qu'allez-vous faire ?

Gabriel ramassa le petit revolver du mannequin, en glissa le canon dans le haut de sa botte, mit le Beretta dans sa poche et lui tendit l'arme de Grenier.

– Donnez-moi une clé de l'appartement.

Elle lui obéit en tremblant.

Il ajouta :

– N'ouvrez à personne. Si Domino appelle, dites-lui simplement que tout va bientôt être terminé.

Lunamour eut peur du timbre de sa voix et murmura :

– Vous allez risquer votre vie.

Le Poulpe eut un large sourire.

– Sans blague ?

32

Le téléphone d'Émile Monnet sonna dans sa voiture. Il décrocha et reconnut Marionami, un copain du groupe Nation...

– Émile, c'est Hector.

– Ouais ?

– Je t'appelle du commissariat.

– À Cannes ?

– Exact... Un couple vient de nous raconter avoir vu ton travelo.

– Lukya?

– C'est ça. Il est à l'hôtel Sergio, rue Hoche. Nous devons aller le serrer. Qu'est-ce que je dois faire ?

– Je peux te parler là... Personne près de toi ?

– Non... Tu peux...

– Il ne faut pas que Lukya soit pris vivant... Tu comprends ?

– Non.

– Écoute, Hector. Si ce mec parle, notre organisation est foutue. Tu dois me croire sur parole...

– C'est si grave qu'il ne soit pas mort ?

– Tu parles... Tout le monde sera mouillé.. Une vraie inondation. Alors, démerde-toi pendant son arrestation. Tire dessus et vise juste. D'accord ?

– Je fais comme tu me dis, Émile.

– Tu me rappelles quand c'est fait. Salut.

Il raccrocha en espérant que Hector Marionami saurait exécuter une bavure parfaite.

33

Charles Valmain ouvrit à Gabriel Lecouvreur, le fouilla rapidement, lui prit son Beretta et l'escorta jusqu'au bureau de Justin Narpi. En y entrant, le Poulpe consulta sa montre. Elle marquait la demie de quinze heures.

L'obèse l'attendait à sa place habituelle. Il examina le nouveau venu, étouffa un cri de colère :

– C'est toi le type qui est venu au 813, hier soir. Raphaël Cornavon est donc derrière tout ça.

Gabriel rectifia :

– Pas du tout. Je travaille pour moi…

– Tu travailles pour toi ? Tout seul ?

– Pour le moment, ça m'a plutôt réussi.

Narpi accusa l'arrogance de son interlocuteur et resta pourtant ironique.

– Tu as tué Anthony ?

– Affirmatif.

Charles Valmain déposa le Beretta sur le bureau. Son patron le prit et en tâta le canon.

– Avec ça ?

Le Poulpe précisa :

– Il manque une balle. Vous pouvez vérifier.

Le truand sortit le chargeur de l'automatique, constata que le Beretta avait récemment tiré, admit que son interlocuteur ne lui mentait pas et sa curiosité s'en trouva accrue. Il regarda attentivement cet homme aux longs bras et aux longues jambes. Si calme en apparence… Presque sûr de lui… Cependant, son expérience lui soufflait que ce type n'avait rien d'un tueur. Ses yeux prouvaient l'incapacité à faire usage d'une arme sans y être contraint… Et même dans ce cas, il aurait sans doute une hésitation…

– Pourquoi tu l'as descendu ?

– Il avait suffisamment parlé pour que je n'aie plus de raisons de l'écouter.

Justin douta de son premier jugement. Un individu capable de venir le voir en lui parlant de la sorte ne pouvait pas être un vulgaire maître chanteur… Son cran l'impressionnait… Comme sa manière de s'installer avec nonchalance sur un fauteuil bas et d'allumer distraitement une cigarette. Ses doigts ne tremblaient d'ailleurs pas en levant le briquet. Non. Ce n'était pas aussi simple.

L'obèse caressa le verre épais de l'aquarium géant. Les poissons carnivores foncèrent en ouvrant leur mâchoires dentées. Ils s'agglutinèrent contre la paroi transparente et attendirent leur pitance.

Sans s'occuper d'eux, le truand susurra :

– Et tu sais où se trouve Dominique Lukya ? Et tu veux dix briques pour me confier ce secret ? Pourquoi crois-tu que je m'intéresse à un travesti cinglé qui assassine ses clients ?

Gabriel piqua du nez vers ses chaussures et se gratta la jambe au niveau du revolver dissimulé dans sa botte.

– Quand votre Anthony fait son boulot de nettoyeur, il est impeccable. Mais lorsqu'on lui pose un flingue sur la tempe, il devient très bavard…

Justin s'énerva :

– Tu sais quoi au juste ?

– Que Lukya n'a pas poignardé l'avocat et qu'il vous a faussé compagnie avant que vous ne puissiez le faire disparaître…

– Tu viens me raconter ça chez moi… Je pourrais te faire abattre.

– C'est probable, mais qui vous conduirait au travelo ?

Charles Valmain suivait le dialogue en surveillant le Poulpe. Une intuition lui laissait craindre le pire et cette perspective le rendait presque heureux. La haine qu'il éprouvait pour Justin Narpi s'en trouvait décuplée. Un insensé désir de s'allier à l'inconnu flattait son goût de la vengeance et confortait son besoin d'effacer des années de souffre-douleur auprès du gros homme. Il regretta d'avoir désarmé ce personnage qui le séduisait.

Gabriel alluma une autre cigarette au mégot de la première et soupira :

– Dix briques pour régler tous vos problèmes, c'est donné…

Incapable de déterminer la part de bluff du personnage, Narpi évaluait la sincérité de son visiteur.

– Dominique Lukya est à Paris ?

– Non.

– Où est-il alors ?

– Où est l'argent ?

Le culot du Poulpe ravissait Narpi. Il considéra que le dandy devait être remplacé.

– Je peux employer un type comme toi.

Lecouvreur repoussa l'offre de la main.

– Je travaille seul. Ni dieu ni maître.

– Avec moi, tu gagneras beaucoup.

– Désolé, trancha le Poulpe. Cela ne m'intéresse pas…

– Bien, soupira Narpi. Je peux te les filer, tes dix briques…

Charles épiait toujours les réactions du Poulpe.

Il remarqua la bosse qui déformait l'ourlet du pantalon à hauteur de la botte droite et devina la présence d'une arme sous l'étoffe…

Juché derrière sa grande table, son patron ne pouvait pas voir ce détail.

Il attendit la tournure que prendraient les événements.

L'obèse proposa :

– L'un de mes amis arrivera dans quelques minutes… Alors, on lui dira où est planqué le travesti et nous attendrons ensemble qu'il s'en soit occupé. Nous attendrons une semaine, s'il le faut…

Gabriel hocha la tête d'un air entendu.

– Je peux voir l'argent ?

Narpi éclata de rire, ouvrit un tiroir de son bureau, sortit des liasses de billets, en compta vingt et les tendit :

– Le voilà… Où est Dominique Lukya ?

Gabriel sourit.

– Je vous le dirai quand votre petit copain sera là.

Et il alluma une troisième cigarette au mégot de la seconde.

34

L'inspecteur Hector Marionami manquait singulièrement de courage. Sa grande lâcheté l'avait conduit à devenir flic plutôt que truand. Au sein de la police, il se sentait moins exposé. Soumis à sa hiérarchie, jamais en première ligne et peu enclin à prendre des initiatives, il n'avait commis qu'une seule erreur dans son discret parcours : intégrer le groupe Nation, une organisation clandestine de la police qui servait des idées d'extrême droite. Et c'est à ce titre qu'il lui fallait maintenant obéir aux ordres du commissaire Monnet.

Les collègues de Cannes ignoraient son appartenance à ce groupe Nation. Ils étaient d'ailleurs assez opposés aux thèses d'exclusion. Vu la situation explosive qui régnait dans la région, le ministère de l'Intérieur avait veillé à muter sur place des hommes incorruptibles et soucieux de démocratie. Marionami faisait partie des anciens cadres. Sa réputation de mollesse soumise le rendait inoffensif aux yeux de ses chefs. Ils le considéraient comme une quantité négligeable, un individu juste susceptible de jouer les utilités.

La dénonciation de Dominique Lukya par le couple prenait tout le monde de court. Le commissaire Patrice Nayral n'avait pas eu le temps de réunir ses meilleurs éléments pour procéder à l'arrestation du travesti. C'est la seule raison pour laquelle Hector Marionami faisait partie de son expédition.

Les deux voitures de police se garèrent rue Hoche. Nayral plaça quatre de ses hommes à l'extérieur, en laissa un autre dans le hall de l'hôtel Sergio, fit bloquer l'ascenseur au rez-de-chaussée, envoya Marionami surveiller l'étage supérieur à celui où le travesti avait sa chambre et lui ordonna de barrer le chemin des toits. Il se chargea d'appréhender en personne Dominique Lukya avec l'appoint des inspecteurs Damien et Spinoza.

Pendant la morte saison, l'hôtel hébergeait principalement des voyageurs de commerce. En conséquence, peu de personnes se trouvaient dans leur chambre à cette heure. Cela laissait la possibilité aux policiers d'agir sans trop de handicaps.

Domino sommeillait sur le lit.

Sa porte s'ouvrit brusquement.

Trois hommes braquaient leurs armes sur lui.

L'un d'eux cria :

– Police. Pas un geste.

Le travesti leva les bras et attendit qu'on lui passe les menottes.

Damien s'en chargea, tandis que Spinoza fouillait la pièce et découvrait le revolver d'Abel Habetz.

Nayral prévint Hector :

– C'est réglé. Tu peux descendre.

Marionami se demanda comment abattre le travesti. Il crispait sa main tremblante sur la crosse de son arme. Un sentiment de panique l'étourdissait.

À l'intérieur de la chambre, Lukya n'opposait aucune résistance et déclarait simplement au commissaire :

– Je suis innocent et désire obtenir l'aide d'un avocat.

L'inspecteur Spinoza se montra courtois et le surprit en disant :

– Vous bénéficiez de ce droit.

Il le conduisit dans le couloir sans aucune brutalité. Marionami lui barrait ostensiblement le chemin. Damien écarta son collègue en soupirant :

– Reste pas planté là. C'est fini.

Tout en se poussant, Hector plaça son pied au niveau de la première marche des escaliers, accrocha la jambe du travesti, le fit trébucher en avant et cria :

– Ce salaud veut s'échapper !

Avant que ses collègues réalisent la manœuvre, il tira dans le dos du prisonnier.

Dominique Lukya s'écroula.

Furieux, Nayral arracha l'arme de service des mains de son subordonné, lui empoigna les revers du veston et hurla :

– Connard ! Il avait juste perdu l'équilibre.

Spinoza se pencha sur le corps de l'Africain.

– En pleine colonne vertébrale... Il est foutu.

Damien alluma une cigarette et contempla le visage défait de Marionami et lui demanda :

– T'es vraiment con ou tu l'as fait exprès ?

35

Émile Monnet coupa le moteur de sa voiture, ouvrit la portière et posa la jambe sur le trottoir qui longeait l'immeuble abritant le bureau de Justin Narpi.

Une sonnerie de téléphone l'arrêta dans son mouvement. Il prit la communication et entendit la voix de Bertrand Costilla :

– Vous devez revenir tout de suite au central. Dominique Lukya vient d'être accidentellement abattu au cours de son interpellation dans un hôtel de Cannes. Le grand patron exige de vous voir...

Le policier répliqua :

– Je viens dès que je peux.

Il raccrocha en souriant, quitta sa voiture et sonna chez le truand.

Charles Valmain lui ouvrit.

La présence du Poulpe surprit d'abord le commissaire. Cet homme lui était inconnu. Par ailleurs, l'absence du dandy le troublait.

Valmain referma la porte derrière lui, s'adossa au mur et observa tour à tour les trois protagonistes.

Monnet parla le premier.

– Grenier n'est pas là ?

L'obèse lui répondit d'une voix calme :

– Anthony ne viendra pas.

Après un silence, il désigna Gabriel.

– C'est ce monsieur qui l'a rayé définitivement de nos livres.

Le commissaire approcha lentement du fauteuil bas où se tenait le Poulpe et le dévisagea pendant une longue minute.

– Qui êtes-vous ?

Gabriel leva les yeux vers le policier.

– C'est sans importance, commissaire Émile Monnet.

Une lueur d'inquiétude palpita dans le regard du flic. Il se tourna vers Narpi pour l'interroger, mais le truand devança son désir :

– Ce type sait à peu près tout sur nous... Du moins, il cherche à en donner l'impression.

Monnet dissimula son agacement.

– Il t'a dit ce qu'il voulait ?

Justin hocha positivement la tête :

– Dix briques... Elles sont sur la table...

Imperceptiblement, Charles Valmain se déplaçait en direction de l'endroit où se tenait son patron.

Le commissaire se pencha sur le Poulpe :

– Tu veux dix briques pour quoi ?

L'obèse répondit à la place de Gabriel.

– Il dit savoir où se cache Dominique Lukya.

Monnet sortit son arme de service et la braqua sur Lecouvreur.

– Et moi, je sais que Dominique Lukya vient de se faire descendre pendant son arrestation à l'hôtel Sergio de Cannes.

Sa déclaration figea les traits de Justin Narpi.

Il bredouilla :

– C'est arrivé quand ?

Sans quitter Gabriel des yeux, le flic l'informa.

– Il y a une vingtaine de minutes…

L'obèse ramassa le Beretta qui traînait sur son bureau et en pointa le canon sur son étrange visiteur. La colère déformait son large visage bouffi de graisse. Il quitta son fauteuil, contourna lentement son immense bureau et s'arrêta devant le gigantesque aquarium.

Charles Valmain continua sa progression, se plaça derrière le truand et jeta un regard de connivence en direction du Poulpe.

Monnet menaça :

– Tu es mal parti. Qui t'a informé sur nous ?

Gabriel reçut le discret message de Valmain et réfléchit à la manière de se tirer de ce guêpier. Domino abattu, toutes ses cartes ne valaient plus rien. Il était fait comme un rat. Son instinct le quittait.

Agacé par son silence, le policier s'approcha de lui.

– Qui ?

En écho, l'obèse hurla :

– Qui ?

Et il tendit le Beretta au-dessus de l'aquarium. Aussitôt, Valmain bondit et pesa de tout son poids sur le bras du truand. Sa main armée plongea dans l'eau. Les piranhas s'en emparèrent et mordirent la chair de ses doigts boudinés. Narpi hurla, tenta d'écarter son secrétaire, mais la rage donnait une force incroyable à Valmain.

Surpris, Monnet tira au jugé dans leur direction.

C'est l'obèse qui reçut la balle en plein front.

Il piqua du nez dans l'aquarium, au grand plaisir des poissons carnivores.

Le commissaire tira encore sur Valmain, mais le Poulpe avait sorti le petit revolver caché dans sa botte et faisait simultanément feu en direction de Monnet. De part et d'autre du bureau, les deux hommes s'écroulèrent.

Émile Monnet tomba dans une pose grotesque, assis sur le sol, la bouche ouverte et l'hébétude inscrite dans son dernier regard.

Gabriel vomit. Il n'aimait pas tuer...

On ne pouvait plus qu'entendre le bouillonnement de l'eau dans l'aquarium.

Le Poulpe essuya ses lèvres, marcha vers le bureau, empoigna le corps de Narpi, le renversa en arrière et préféra ne pas regarder son visage ensanglanté.

Un gémissement lui fit comprendre que son allié inattendu vivait encore. Il s'agenouilla à ses côtés et lui souleva la tête.

– Vous êtes touché où ?

Charles Valmain lui désigna son ventre et dit dans un souffle :

– Je le détestais... Il m'humiliait toujours... toujours...

– Ne vous fatiguez pas... Je vais appeler une ambulance...

– Inutile... Il faut que vous sachiez tout. Parce que, moi, je sais presque tout. Pas vous... Aidez-moi à tenir jusqu'à ce que je vous aie raconté cette histoire. Tenez ma main...

Gabriel serra les doigts du secrétaire et l'écouta parler :

– Je travaille pour Justin Narpi depuis des années. Au début, j'assurais ses contacts entre l'Algérie et la métropole. Il servait les politiciens locaux, louait des tueurs à l'occasion, se remplissait les poches en puisant dans le trésor secret de l'O.A.S. et prenait aussi pied sur le territoire des filles dans Pigalle. Tout le temps du pouvoir gaulliste et giscardien, il s'est contenté d'acheter des cabarets, des cafés, des magasins et des restaurants. Un véritable empire immobilier et commercial, dont chaque élément était obtenu par la terreur ou grâce aux appuis rétribués d'hommes politiques qu'il avait connus au temps de l'Algérie française.

Après 1981, la montée des extrémismes de droite a changé son point de vue. Ses affaires sont devenues moins voyantes. Il a offert ses services aux plus radicaux des nationalistes. Sa volonté de pouvoir y trouvait un terrain favorable à son ambition. Il a participé d'une manière ou d'une autre à la plupart des coups tordus de ces dernières années, fournissant des exécuteurs, élaborant des provocations et réglant les problèmes en faisant disparaître les témoins gênants ou les tueurs récalcitrants...

Au moment de la seconde cohabitation, ses contacts politiques l'amenèrent à collaborer régulièrement avec le commissaire Émile Monnet, un des principaux responsables du groupe Nation...

Gabriel demanda :

– C'est quoi le groupe Nation ?

Charles Valmain avala péniblement sa salive.

– Il s'agit d'une organisation secrète de policiers à tendances fascisantes. Ils sont spécialisés dans la manipulation des casseurs au moment des manifestations, couvrent ou encouragent les ratonnades effectuées par les skinheads et attendent le grand soir pour aider à détruire la démocratie. De gros industriels européens financent leurs actions. Ce sont eux qui ont eu l'idée de piéger des voitures de hauts fonctionnaires de la police pour tromper l'opinion publique et laisser croire à une nouvelle montée du terrorisme gauchiste.

Il se tut et respira difficilement avant de reprendre son récit.

– Tout était bien calculé. Les bombes explosaient au moment où il n'y avait personne dans les véhicules... Jusqu'au jour où deux policiers empruntèrent une des voitures piégées. Vous connaissez le reste. La bombe explosa. Des passants furent tués. Il fallait trouver des coupables. Les protecteurs du groupe Nation inventèrent une soi-disant Action Anarchiste Armée. Trois jeunes drogués furent choisis comme boucs émissaires. Avec des preuves truquées... La justice n'y vit que du feu. Philippe Balmard n'aurait eu aucune chance de découvrir la vérité si un type du groupe Nation, travaillant aux Renseignements Généraux ne s'était senti écœuré par la méthode... Il réunit un dossier révélateur sur le coup monté, le vendit à Balmard et tenta de fuir à l'étranger.

Le Poulpe écoutait la confession avec intérêt, espérant que l'agonisant tiendrait encore assez longtemps pour lui conter toute l'histoire.

Charles Valmain s'arrêta de parler et grimaça de douleur. Le sang maculait ses vêtements. Son teint devenait crayeux. Des filets de bave jaunâtre coulaient aux commissures de ses lèvres. Il ferma les yeux et continua :

– C'est à ce moment-là que nous avons été informés de la situation par le commissaire Émile Monnet. Il se chargea de celui qui avait remis les documents à Balmard. Le hasard lui avait appris qu'il les possédait... Eva Pavan le lui avait dit quand il l'avait approchée pour lui proposer de le tenir au courant sur les arguments prévus par la défense. Elle avait accepté. Alors, il voulut que Justin Narpi organise l'assassinat de l'avocat.

– Pourquoi toute cette mise en scène avec Dominique Lukya?

– Émile Monnet ne cachait pas son goût prononcé pour les travestis. Il se rendait souvent chez Domino, lui arrangeait tous les petits problèmes avec ses copains des mœurs et s'était rendu compte, par hasard, que l'avocat était aussi un homme à passion, comme lui très amateur du savoir-faire de Dominique Lukya... Il l'expliqua sans honte à mon patron. Et Justin Narpi se mit alors à imaginer une de ses mises en scène compliquées... Comme il les aimait... Dans un premier temps, je fus chargé de constituer une fiche sur ce Lukya. Le prostitué n'avait ni famille, ni protecteur, ni ami. Mon rapport excita Narpi. Il envoya Anthony Grenier comme client. Pour repérer les lieux et mettre le travesti en confiance. Alors, le dandy prit un second rendez-vous, tout de suite après la séance hebdomadaire où se rendait régulièrement Balmard. Mais ce furent deux de nos hommes qui se présentèrent un peu avant l'heure prévue. Abel Habetz, le tueur, poignarda l'avocat et, avec Caïn Kahane, une petite utilité, il enleva le travesti pour aller le noyer dans la Méditerranée.

Gabriel l'interrompit :

– Pourquoi dans la Méditerranée ?

Valmain rit douloureusement :

– Une superstition de Narpi. En souvenir de ses débuts et de ceux qu'il abattait lui-même avant de les immerger entre la France et la Corse.

Le Poulpe sentait la mort imprégner de plus en plus rapidement la carcasse du secrétaire.

– Qui a commandité tout ça ? demanda-t-il.

Valmain ne l'entendit pas et continua d'une voix à peine audible :

– Il y a eu l'accident. Lukya en cavale... Et ce Michel Tours qui semblait le connaître... Émile Monnet devait récupérer le document contre le contenu de cette mallette. Ce soir. Chez Eva Pavan. Et Grenier devait la descendre et ramener le fric pour mon patron.

– Qui donne les ordres au-dessus de Narpi ? Qui ?

Le secrétaire comprit la question et articula un nom sur ses lèvres.

Mais plus aucun son ne sortait de sa bouche.

Il mourut entre les bras du Poulpe.

Gabriel se releva, ouvrit la mallette, découvrit les liasses de billets qui s'y trouvaient entassées, ramassa le petit revolver de Lunamour et le plaça dans la main inerte de Valmain. Sa seconde initiative fut de déplacer le corps sans vie du secrétaire pour le positionner de manière à rendre à peu près crédible un règlement de comptes entre les trois hommes.

Son Beretta baignait dans l'aquarium infesté de poissons carnivores. Il ne s'aventura pas à tenter de le récupérer.

L'inspection des tiroirs du truand ne lui apprit rien.

Tandis qu'il empochait les cent mille francs que Narpi lui destinait pour son information, un sentiment de gêne l'envahit soudain à la pensée du désespoir qui agiterait Lunamour quand elle apprendrait la mort de son frère.

L'amertume le rongea jusqu'à la colère.

Son long bras bougea en direction de la mallette.

Ses doigts se refermèrent sur la poignée.

Il savait ce qu'il lui restait à faire.

36

Lunamour empoigna l'arme de Grenier et visa la porte.

Le bruit d'une clé dans la serrure la rassura, mais elle conserva son bras tendu dans la même direction et ne le baissa qu'en reconnaissant Gabriel.

Il posa la mallette et lui prit le revolver.

– C'est terminé.

Le Top model bondit vers le téléphone en criant :

– Je vais le dire à Donuts.

Le Poulpe avança ses longs bras en criant :

– Non !

Elle s'immobilisa, se retourna vers lui et demanda :

– Mais pourquoi ?

– Il est mort. Abattu pendant son arrestation…

Lunamour tomba sur les genoux, appuya ses mains contre son ventre et balança la tête en laissant une plainte étouffée sortir de sa bouche fermée.

Gabriel s'approcha d'elle, lui posa la main sur les cheveux et chuchota :

– Je suis désolé.

Le mannequin murmura :

– Donuts est mort. J'ai tué un homme. Je ne sais plus… Je ne sais pas…

Il se laissa choir à ses côtés, l'enlaça tendrement et avoua :

– Moi aussi, je viens de tuer un homme.

Elle leva les yeux vers lui et constata qu'il pleurait.

37

Eva Pavan ouvrit sa porte et fut surprise de découvrir que l'homme qui venait de sonner chez elle n'était pas Émile Monnet.

Le Poulpe entra, poussa le verrou et posa la mallette bourrée de billets.

– Le commissaire n'a pas pu venir. Je l'ai tué cet après-midi.

La vieille fille accusa mal le choc, recula vers la fenêtre et leva les mains pour se protéger.

Gabriel la rassura :

– Vous n'avez rien à craindre… Dites-moi simplement pourquoi vous aviez traité avec lui…

Mademoiselle Pavan perdit pied et raconta tout.

Quand elle eut terminé, Lecouvreur fit sauter les serrures de la mallette et montra son contenu.

– Vous prenez les cent briques. Cela ne vous guérira pas du cancer, mais je pense que tant d'amour déçu mérite une petite compensation.

Elle soupçonna son interlocuteur de lui cacher quelque chose et demanda :

– Vous voulez certainement le dossier qui va innocenter les trois accusés de l'A.A.A. ? Il est là.

Sa main décharnée désigna une petite table sur laquelle on pouvait voir un classeur de couleur verte.

Il alluma une cigarette.

– Cet argent, je suis certain que Monnet vous l'aurait donné, mais quelqu'un était chargé de le récupérer dans l'heure suivante. Et de vous éliminer… Pour une femme intelligente, vous êtes d'une très grande naïveté, mademoiselle Pavan… Moi, j'ai un accord à vous proposer. Les cent briques sont à vous. Quant au document, nous allons le porter ensemble à la rédaction d'un journal. Ensuite, quand les journalistes en auront fait des copies, nous irons le remettre dans les mains d'un juge incorruptible. Il y en a… Ce sera une bonne manière de montrer à Philippe Balmard que vous lui pardonnez ses frasques…

Eva Pavan demanda dans un souffle :

– Et je pourrais garder tout l'argent ?

Le Poulpe mit les deux mains dans ses poches, y sentit les liasses de billets de Justin Narpi et avoua :

– Que voudriez-vous que j'en fasse ?

38

Le Poulpe poussa la porte du Pied de Porc à la Sainte-Scolasse en évitant de bousculer le vieux Léon.

Il gagna sa table habituelle contre la vitrine du restaurant, s'installa en étendant ses jambes interminables sous la banquette en skaï et regarda la rue qu'il venait de quitter.

Le soleil brillait. Une lumière magnifique éclairait les nombreux passants qui flânaient en direction de la rue de Charonne ou de la place Léon Blum. C'était vraiment un temps splendide…

Gérard lui apporta une tasse de café, déposa un quotidien sur la table de bois verni et désigna le gros titre qui barrait la première page :

RÉVÉLATIONS SUR UNE MACHINATION

– T'as vu ça, le Poulpe ? Les tueurs de flics sont innocents… C'était une combine montée de toutes pièces par des policiers pourris.

– On ne saura jamais qui était à la tête de ce truc.

– En tout cas, le travelo a été retrouvé…

– Mais abattu dans une bavure…

– C'est pas prouvé.

– Tu sais… Les preuves… Dans ces cas-là…

Le Poulpe détourna la tête et dégusta son café en parcourant un autre article :

« Le courageux commissaire Émile Monnet a été abattu au cours d'une fusillade opposant un truand à la retraite, Justin Narpi, et l'un de ses hommes de main, Charles Valmain... C'est la femme de ménage des bureaux de Narpi qui a découvert les corps en venant faire son travail vers 21 heures. L'enquête suit son cours.... »

Gabriel referma le journal, se leva et décrocha le téléphone au moment où Vlad sortait de la cuisine et précisait à Maria :

– Il n'y aura pas assez de canard au sang comme second plat du jour pour ce midi. Je fais du poisson ?

Gabriel revit alors les piranhas assaillir le visage de Narpi et grimaça d'horreur.

La voix de Raymond balaya ce récent, mais difficile souvenir.

– J'écoute… C'est qui ?

– Gabriel.

Le mécano gueula :

– Tu te fais rare.

– J'ai eu une rentrée de fric. On va pouvoir acheter des pièces pour le zinc.

– T'as enfin passé ton brevet de pilote ?

– Pas eu le temps…

– C'est ça, les mecs qui bossent pas ! Ils ont jamais le temps. Mais à quoi tu passes tes journées, Gabriel ?

– Je me les roule…

Il raccrocha et composa un autre numéro.

– Coiffure Cheryl. J'écoute.

– C'est moi.

– Tu as encore besoin de mon Minitel ?

– Non… J'ai simplement envie de te voir.

– Alors le dis pas. Viens.

Elle raccrocha.

Le Poulpe esquissa un sourire, sortit sous le soleil, marcha un peu et s'arrêta devant un kiosque à journaux.

Lunamour rayonnait sur la couverture de *Elle*.

Gabriel songea qu'il y avait une chance sur deux pour que la jeune femme surmonte sa douleur et continue sa prodigieuse carrière.

La tiédeur de ce dernier jour d'hiver le rendit optimiste.

Il força son instinct et dit à voix haute la dernière phrase de *Du Côté de l'Enfer*, le beau roman de Joachim Dachmann :

« Tant qu'une noire beauté l'habitera, elle s'en tirera.

Cet ouvrage a été imprimé
sur presse CAMERON
dans les ateliers de Bussière Camedan Imprimeries
à Saint-Amand-Montrond (Cher)
en janvier 1996

- N° d'impression : 1/2975 -
Dépôt légal : janvier 1996.

Imprimé en France